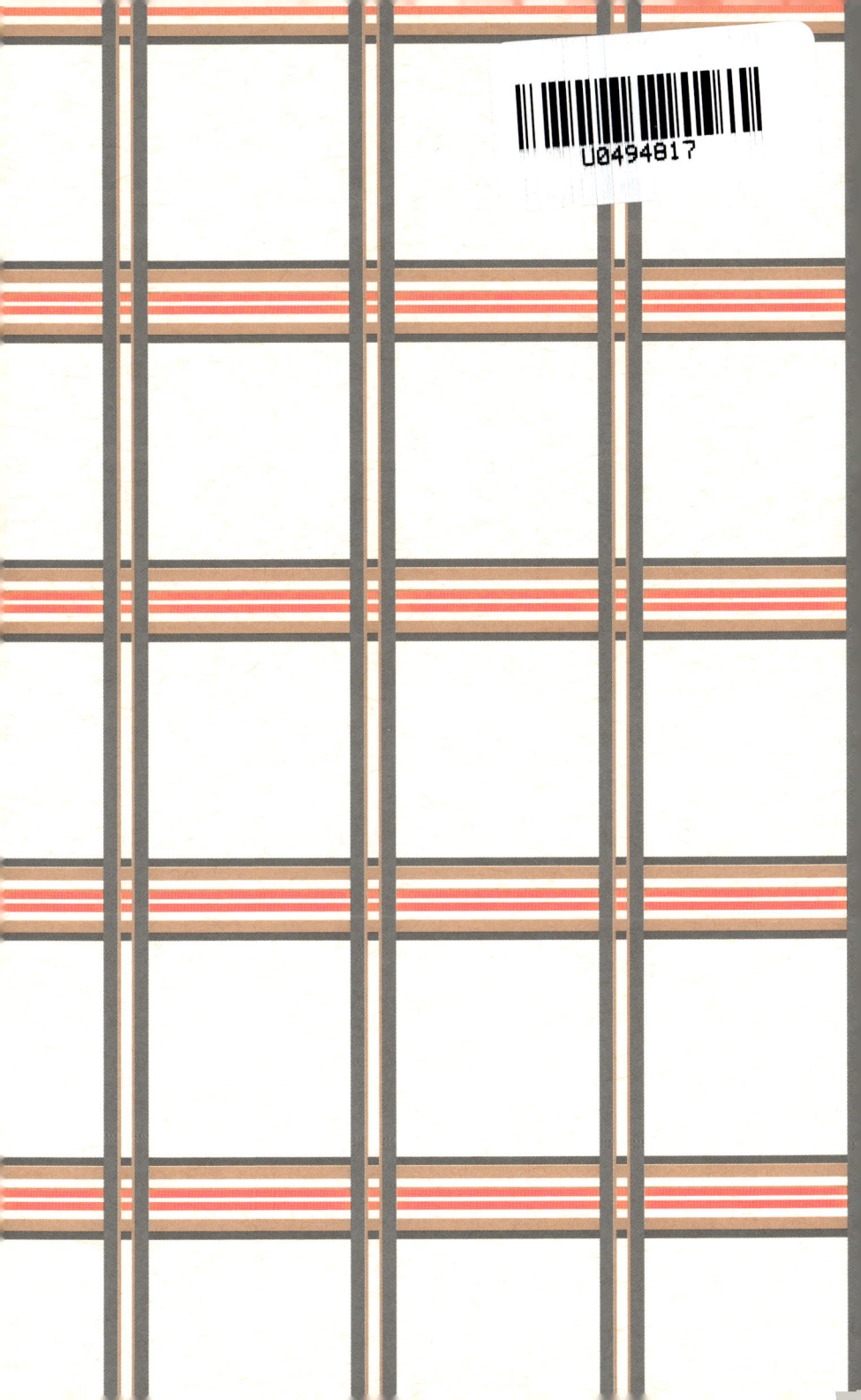

一个剑桥教授的生活 {2}

[英] 玛丽·比尔德 著 王岩 译

贵州出版集团
贵州人民出版社

致 谢

博客是一种公共事业，所以我首先要感谢所有阅读和评论"一个剑桥教授的生活"的人，尤其是那些允许把他们的评论印在本书里的人。你可能不知道，我早上起床就上博客……想知道你会说些什么。

然后，我要感谢所有为《泰晤士报文学增刊》和《泰晤士在线》工作的人，他们首先想到了这个主意，并开始负责"一个剑桥教授的生活"出版：尤其是迈克尔·凯恩斯（Michael Caines）、露西·达拉斯（Lucy Dallas）和彼得·斯托萨德（Peter Stothard）（他是博客的根源）。我的家人对我写博客的习惯很包容。他们提供了一些话题，并允许我对他们进行讨论。因此，感谢"丈夫"罗宾·科马克（Robin Cormack）、"女儿"佐伊（Zoe）和"儿子"拉斐尔（Raphael）。我在剑桥的同事们也同样宽容，即使是在给他们造成不便的时候。谢谢你们，纽纳姆学院和古典学系。

另外，这本书也是彼得·卡尔森（Peter Carson）心血的结晶（他否决了关于从剑桥开往伦敦的火车的任何抱怨，你可以放心了）。我也非常感谢彭尼·丹尼尔（Penny Daniel）、安德鲁·弗兰克林（Andrew Franklin）、露丝·基利克（Ruth

Killick)、马修·泰勒(Matthew Taylor)和瓦伦蒂娜·赞卡(Valentina Zanca)的支持。

最后,感谢剑桥大学的黛比·惠特克(Debbie Whittaker)在挑选博客文章和评论、获得评论者许可以及将博客转变为本书的过程中所提供的所有帮助。

衷心地谢谢大家。

前言

自2006年年初以来，我已经坚持写了六年博客，题名为"一个剑桥教授的生活"（*A Don's Life*），定期评论一些我认为重要的事情——从古老的笑话到高级水平课程考试（A levels），从政治骗局到拉丁校训。按照博客的平均寿命来算，六岁的《一个剑桥教授的生活》已年近半百（与其作者年龄相仿）。众所周知，写博客就像去健身房一样：开始很容易，谁都能满怀热情地坚持几个月，但是当新奇感消失后，就很难继续下去了。

与大多数一直坚持去健身房的人一样，我能一直坚持写下去的原因有两个：享受和自律。真的享受吗？刚开始也有过怀疑，但很快我就发现自己确实很享受写这些小短文。夜深人静的时候，我坐在厨房的桌旁写作，指出当天晚上关于罗马宴会的电视报道并不完全属实（见《赫斯顿的罗马盛宴》），或是分享我在图书馆的发现（见《1847年的剑桥校长选举》），这种种真的很有趣。如实地描述大学一线教师的日常生活可以使人放松心情（我保证写的不是人人艳羡的带薪年休，也不是光鲜亮丽的鸡尾酒会，而是推荐信的真相，见《你一周写多少封推荐信？》，或人力资源合规部门，见《世界级大学与人力资源合规部门》）。我喜欢这种即时性：你想、你写、你点击发布，然后它就在那里了。

关于自律呢？我每周发两篇，雷打不动（偶尔会罕见地发三篇）。与日常锻炼一样，写博客的关键是：目标可以达成，并且不可动摇。对于想要写博客的朋友，我能给出的最好建议是：不要在最开始充满热情的时候每天都发，因为没有人能一直坚持下去。

另一个建议是尝试吸引一群良好的读者，他们能深思熟虑、机智且有礼貌地在你的博客上发表评论。一般来说，博客评论者这个群体的名声都不太好。你对评论不必太在意，即使是最高大上的博客，或者是像BBC网站乃至一些严肃报纸的"评论"栏目，也都充斥着侮辱性的、无聊的而且往往带有明显性别歧视的回复。（比如："简直是垃圾。谁让你写这些垃圾的？回家看孩子吧，奶奶。"还有更糟的。）为什么表面正常而有礼貌的人在网上却这样写，我实在想不通（尽管我在《网络礼仪》中提出了一些建议）。但是"一个剑桥教授的生活"的评论者，无论是常客还是偶尔的访客，却是如此不同寻常。他们可能强烈地反对我的观点，但是他们在评论时却很有风度，也很礼貌——饶有兴趣地提供神秘的事实、古怪的奇闻轶事、独家创作的诗歌和多语言笑话。这种（罕见的）发帖者和评论者之间的对话也是"一个剑桥教授的生活"的独特之处。

因此，涵盖2009年至2011年博客的第二本选集（*All In A Don's Day*）延续了第一本（《一个剑桥教授的生活》，2009）的传统，收录了博客上的一些文章和评论，并基本保留了原貌。我只是偶尔编辑一下，纠正文字错误，插入必要的引号（我的，不是评论者的），解释一些表述不清的地方，有时添加一些原本通过超链接传递的重要信息（这是网络优于纸媒之处）。

其实，从某种程度上来说，博客是一种自传或日记。每一次我读以前的帖子（不是我的习惯，放心好了），都会被震撼到。自2006年开始写博客以来，我的生活发生了巨大变化，有幸得到了一些很好的机会，这是20年前的我（当时还是一个疲于奔波、育有两子、学术成果贫乏的初级讲师）做梦也不敢想的。没有人——包括我自己——能够预测到：如今50多岁、头发花白的我能主持英国广播公司电视二台（BBC 2）关于罗马人的电视节目。（你会在《英国电影与电视艺术学院奖和艾美奖》《没有赢得电影与电视艺术学院奖（……唷？？？）》《拍摄：情况刚好相反》中读到一些关于这些节目的内部消息。）

当然这些变化只是小插曲。作为大学教师和古典学者、兼任《泰晤士报文学增刊》（我在该杂志社工作将近二十年，我的博客也开设在该杂志的网络版上）古典学编辑，我的大部分时间和精力都花在我的日常工作上了，这才是我生活的主旋律。在《泰晤士报文学增刊》我负责评论部分，我会耐心地用一支老式的铅笔进行编辑（把评论者抱怨我经常遗漏的引号都插进去）。在大学里，我一天要花足足12个小时上课、在图书馆和档案馆做研究、指导本科生、出试题、写文章、批作业、指导博士生、参加研讨会、拜访中学、订购图书馆书籍、对"政府目标"作出反馈、评审论文、面试考生以及职业学者应做的诸多其他事情。我的部分工作没有清楚地写出来，因此在博客中我的生活看上去似乎比现实多了一些迷人的色彩。原因很简单。博客中我可以写英国电影和电视艺术学院奖、电影拍摄或是飞往世界各地参加会议，甚至可以偶尔谈谈大学的人力资源部，但可能不太适合去分享日常生活中的烦心事：学生糟糕的文章，菜鸟报考者在面试中的胡言乱语，或是蹩脚评论者令人费解、随意拼凑的评论。但这就是我的工作。

我的教学生活主要是在剑桥大学度过的（我是纽纳姆学院的一员，我很高兴地说，它现在仍然是女子学院）。就像我在《一个剑桥教授的生活》中展现的那样，剑桥是一所令人神往的学府，也是一个工作的好地方，当然也有一些怪癖和习俗，既迷人又恼人，也许除了牛津之外，其他任何大学都不可能做到这样。好也罢，坏也罢，世界上一定没有几家大学会因为拉丁语谢恩祷告引起师生之间的争议（见《学院需要新的谢恩祷告吗？》）。但事实上，剑桥并不像报纸、电视和电影所宣传的那样高大上。它和其他大学一样，存在资金短缺、政府投入削减、提前退休、新型管理规则和术语、风险评估、贫困生、合规部门和教师工作压力大等问题。我们绝大多数人——学生和老师——并没有生活在剑桥神话里。我们没有泛着舟、饮着酒、穿着运动夹克。我们也不是来自于牛津剑桥世家。（值得一提的是，我是家里第一个获得大学学位的人，算牛津剑桥世家吗？）

但如果你足够聪明，当你在剑桥学习或教书一段时间后，就能找到应对这种剑桥神话的方法——比如迎头痛击（见《在大学里削减什么？》）、拙劣模仿，或者是想办法将其转变成对自己有利的东西。第一篇博客中学生报无畏的调查记者们所做的就是这样，他们（戏谑地）决定调查剑桥学生的父母们到底多有钱，最高档的学院有哪些……

目 录

第1编 2009年 / 1

剑桥大学的学生到底多么富有？ / 2
在线警官狄克逊 / 4
透明是一种新的不透明 / 7
爱笑人 / 10
赫斯顿的罗马盛宴 / 13
学校应该教推特吗？ / 15
历史上的女孩们与戴维·斯塔基 / 19
海盗？试试庞培的解决方法？ / 21
剑桥毕业的女性文学巨匠
——谁正在照料孩子？ / 24
学院需要新的谢恩祷告吗？ / 27
被禁的基督教 / 31
考试噩梦 / 34
老师如何阅卷？ / 35
毕业：没有动物被杀戮 / 42
亚历山大大帝是斯拉夫人吗？ / 45
给地铁的10条拉丁引言 / 48
过去的工作推荐信是什么样的？ / 52
谁说英国的大学安于现状？ / 56

关于高级水平课程考试，你不应该相信的10点 / 60

和学生发生性关系？特伦斯·基莱像尤维纳利斯一样被误解了吗？ / 64

《波特诺的怨诉》配得上"布克奖"吗？ / 69

Pedicabo ego vos et irrumabo：卡图卢斯滔滔不绝地谈什么？ / 73

罗塞塔石碑应该回归……哪里？ / 76

第2编　2010年 / 81

在大学里削减什么？ / 82

你有剽窃的风险吗？ / 85

你一周写多少封推荐信？ / 90

如何输掉一场选举——以罗马人（或尼古拉斯·温特顿）的方式？ / 97

老师们，小心细菌！ / 99

为什么"好的做法"可以毁掉好的做法？ / 102

最糟糕的宣言奖颁给了…… / 106

政党竞选宣言中的10个愚蠢的（善意的？）想法 / 110

我们需要坏老师吗？ / 113

平民伤亡、泄密和古代的观点 / 116

英国最有智慧墓地的政治 / 119

博物馆派对：舞会、跳舞、会议、伟人和好人 / 122

世界级大学与人力资源合规部门 / 124

睡在图书馆 / 128

学生占领剑桥大学的行政楼 / 131

学生占领：困境 / 134

黑人孩子能进入剑桥吗？ / 137

圣诞礼物猪 / 140

政府的请愿有什么不妥吗？ / 142

第3编　2011年 / 147

发推特还是不发推特？ / 148

门农巨像？什么时候涂鸦不算是涂鸦？ / 150

大学、暴君和剽窃 / 153

英国电影与电视艺术学院奖和艾美奖 / 155

"严重"强奸罪的刑期？ / 157

没有赢得电影与电视艺术学院奖（……唷？？？） / 160

年轻人的思想……不雅的部分（在阿里斯多芬尼斯的作品中） / 163

梦想学校进入教育事务委员会 / 167

考试语 / 170

为什么要费力去参观罗马圆形大剧场呢？ / 173

从斗牛犬餐厅到阿比修斯 / 176

1847年的剑桥校长选举 / 180

位于布鲁塞尔的非洲博物馆——戴维·斯塔基 / 182

为什么小童在撒尿？ / 187

受够了研究卓越框架（REF）……孩子们怎么办呢？ / 190

托尼·布莱尔应该给赛义夫·卡扎菲写什么？ / 194

Nisi dominus frustra：为什么抛弃校训？ / 197

拍摄：情况刚好相反 / 201

AD 与 CE / 204

纽纳姆一年级的古代史：我们都教些什么？ / 208

谁在乎王位继承法？ / 213

独裁官强于技术官僚 / 215

网络礼仪 / 217

教育旅游 / 221

朱丽叶的阳台 / 225

圣诞传统及创新 / 228

到了 57 岁时的 5 个想法 / 231

后　　记 / 235

出版后记 / 237

第 1 编

2009 年

剑桥大学的学生到底多么富有？

2009 年 1 月 29 日

一份本地的学生报纸《剑桥学生报》（Varsity）又刊登了一则独家新闻。上个学期，该报在网上进行了问卷调查。调查结果显示，50% 的剑桥学生曾经在大学期间"剽窃"过（无论这个词的意思是什么）。

坦率地讲，我不知道这些匿名的自白到底具有多重的分量。但是现在《剑桥学生报》又组织了新一轮的问卷调查，对剑桥学生的平均富有程度及他们父母的平均收入进行调查。此外，为了满足幕后操作者的利益，他们还根据学院和专业对学生进行了分类。这份调查是本周的头号新闻，其热度甚至超过之前那篇备受争议的圣约翰学院正式晚宴向学生提供红酒的文章。（在你下笔之前，让我顺便说一句，这真是一种讽刺。）

这则独家新闻从某种程度上正好迎合了我们平时的偏见。艺术史专业的学生位居榜首，据称每位学生平均每周的预算是 182 英镑，而父母的平均收入是 118000 英镑。虽然不够给小鲁伯特买一幅卡拉瓦乔（Caravaggio）的作品来学习，但是相对于穷人来说也算大手笔了。

还有其他的令人震惊的结果。

有的学生宣称他们为了填饱肚子,每天不得不从超市垃圾箱找来食物;还有的同学正好与之相反,吹嘘自己几乎喝干了所有酒吧的香槟。我不确定是否应该相信这些同学的话。他们的话都带有夸张的成分,属于两个极端,实在让我半信半疑。当然,如果他们讲的情况都是真的,我会更同情前者,而非后者,但是我(严肃认真地)建议两种同学都去找自己学院财政部门的老师谈一下。对于经济困难的同学,大多数学院都有助学金。老师们也知道学生高利贷的危害——目前这个问题越来越严重。当然毫无疑问,他们也会为后者提供足够多的建议,让这些学生避免极度挥霍浪费的行为。

有趣的是,国王学院(具有激进形象)学生父母的平均收入远远高于圣约翰学院(后者存在正式晚宴提供红酒的问题)学生的父母。默里·爱德华兹女子学院的情况怎么样呢?该学院还是被大多数人称为"纽霍学院"(编者注:2009年更名),部分原因是它现在的名字听起来更像一位橄榄球运动员,而不是一所学院。该女子学院学生父母的平均收入是108000英镑,在全剑桥位居第一。老派的彼得学院（带有稍许的傲慢形象）学生家长的平均收入是54800英镑，排名最为靠后（那些想要驱散剑桥大学势利形象的人乍一看这个数字一定感到很欣慰），比英国40到49岁人士工资中位数的两倍低多了。

说到这儿，我看出这些网上"调查"的问题所在了。我说的问题并不是指只有783位受访者参与该调查问卷（少于学院人数的40%）。事实上，对于剑桥学生做问卷调查，这个比例已经不错了。我也不是指受访者都在撒谎。

问题难道不是在于这些学生中的大多数完全不知道他们父母最后真正拿到手的收入是多少吗？难道不是这些富人根本没有意识到他们的家庭收入有多少，来自哪里？毕竟，学生们平时可不需要填写含有这类信息的利益和诉求表格。

但是，《剑桥学生报》，这仍然是你一次不错的尝试。

在线警官狄克逊

2009年2月25日

几天前，我们在"网上警察"系统进行了注册。剑桥的本意是通过这种方式增强警察和当地居民之间的联系。警察会以邮件信息的形式通告居民所在地区的犯罪情况以及这些穿蓝色制服的小伙子们抓捕罪犯的进程。

我本来对此寄予厚望。但是最初几周令人非常失望。问题如此之多的剑桥地区犯罪率真的这么低吗？为什么他们邮件中发的都是预防犯罪讲座的邀请？还是他们在向我们隐藏什么？

"又将要庆祝一年一度的情人节了——对需要一些安全常识的人提供帮助。"1月28日的电子公告栏中这样写道（催促我们过来学习更多关于如何锁紧窗户的常识）。紧接着，他们又发了一条信息，建议我们最好在手机通讯录中存好应急电话号码（ICE）。

这就是保姆式国家的公务员啊。

但是最近情况有所好转。尤其令人兴奋的是2月11日警官发布的那条公告。

保罗（警官的名字）向群众解释道，最近他正着手申请建立两个反社会行为治理组，有点忙，所以没有更新公告。但是现在他回到线上了。他继续写道，入室抢劫发生率有回升的趋势，但是好消息是两个重刑犯已被"召回"监狱。接着他又列出了一份该地区交通处罚的清单：38例因未系安全带而遭处罚；27例因开车时使用手机收到处罚通知；7例车辆整改缺陷处罚通知；5例超速罚单；1例占用公交车道处罚通知，等等。（但是没有标出每个罚单的限期：一周？一个月？一天？）最后一份报告中所谈到的行动为期四天，主要是在芬德雷顿（Fen Drayton）自然保护区处理微型摩托车和越野交通工具的问题。（"就像一个警官应该有的范儿一样，我坐在一旁，而菲尔和戴维正饶有兴致地处理着两辆型号为BMXF650的越野自行车……"）

在不到两周的时间里，又有了一个公告。这次保罗警官在希斯顿（Histon）地区做了一项埋伏侦察的工作。在村子中心埋伏一个小时后，他（哦，天啊）收获颇丰，"抓到了四个吸食大麻的人"。（居然有"四个"大麻吸食者于同一个小时内在冷清的希斯顿地区闲逛？）然后是更多关于逮捕盗窃犯的好消息，还有就是关于斯维夫西（Swavesey）流氓式骚扰电话的情报——一个神秘的"剑桥市内潜在的不稳定社区状况"，这件事让警官起了个大早，但"悄无声息地解决了"……

我承认，开始的时候我对这些事持嘲笑的态度，因为太像真实版的狄克逊了。但是之后我对自己的傲慢自大、缺少宽容深感自责。因为，事实上，保罗警官对工作的投入，大家都看得一清二楚。他显然是个做着伟大工作的体面人（暂且不提那四个可怜的大麻吸食者和不幸的反社会行为令牺牲者）。是的，如果我家发生了盗窃案，看到保罗警官敲我家的前门我将非常高兴。

我猜这就是网上警察该干的事。

评论

上周，网上警察的公告终于有了一些不错的内容，但是有一行文字"更重要的是记得注册你的电子商品或是任何有序列号的东西"，这让我们笑了很久。

——克里斯

对于我们这些非业内人士，请解释一下什么是"反社会行为令"。

——PL

反社会行为令可以用来限制那些有持续反社会行为的人的举动。尚存异议的是他们是否：a）保护无辜老太太的花园免受小恶棍的破坏；或是 b）适得其反地表彰这种破坏行为／挑那些相对无辜的人惩处／转移反社会行为至他处而不是根除。

——玛丽·比尔德

透明是一种新的不透明

2009 年 3 月 11 日

我整晚都在写"指导意见"，也就是给我学生提交的论文写评语，有些是小组作业，有些是个人完成的。我很愿意按时完成这些工作，因为不提交这些文档就拿不到奖金。（好吧，我承认在其他大多数大学里是不会因为完成这样的工作而得到奖励的……作为辩护，我想说牛津和剑桥的老师的这种"面授课时"向来都比其他大学的老师要多。）

过去，你常常使用复写纸来完成这项工作，每一份"指导意见"都复写好几份（一份自己留存，一份交给教务长，一份交给助教等）。然后，你把这些意见装进信封交给教务长，他会将这些意见进行"加工"后再反馈给学生。这是报告学生学习进步的一种好方法，也是和其他老师讨论学生不足之处的好途径。"当她和珍妮一组时就会很沉默。""她是不是太瘦了……"你信赖教务长的审慎，他不会将这些内容透露给学生。偶尔，有些蠢货会这么干。但是总体上讲，这个体系，在我看来运转得不错。学生们能了解到自己的学习状况，同时你也能传递给别人有用的、坦诚的评价（即便你不愿意再重复一次），而不用去担心这些想法会被直接告知相关学生。

现在，这一切都电脑化了。闹人的堆积如山的纸张不见了。学生们也可以直接看到你写的评语。于是，再也没有私密性的警告了，只剩下那种乏味的"学业报告"。["珍妮本学期取得了很大的进步。她看起来掌握了如何进行复杂议论的技巧，这在有关提比略·格拉古（Tiberius Gracchus）改革的文章中体现得非常明显"……]

好吧，这被称为新的透明标准，老师不会再瞒着学生而进行任何私密的评价。这一定很好吧，不是吗？

是的，但老师给予的意见却变得缺乏真诚。那些坦诚可靠的评价还是有的，但是转到"地下"，没有出现在评语当中。例如，如果你担心某个学生消瘦或饮酒过度，你会倾向在酒吧或电话里心平气和地跟他讲。所以，这一切根本不会写下来。

研究生们也同样会收到这种透明的学业报告，这尤为尴尬。想象一下这种虚构的剧本吧。（不用担心，我的研究生们，本故事纯属虚构，并不是关于你们的。）

设想我在指导一名相对较差的博士生，我们暂且称之为吉姆。吉姆第4年的博士研究接近尾声，正在挣扎着完成毕业论文，处在抑郁和放弃的边缘。（博士生涯的最后阶段对于最强大的人来说也是一个紧张时刻。）坦白地讲，我不看好吉姆，但是我每周都与他见面，并传递相当乐观的信息：他目前写出来的还不错，他需要做的是完成剩下的两万字。但这并不完全是事实。可是此时，如果我告诉他前两章不行，还需要进行大量的研究，他就会放弃了。我认为最好的解决方法就是让他把这一稿写完。然后我们可以再修改。"你真的觉得不错吗？"吉姆问。"是的。"我带着告诫意味地回答道，尽管吉姆没有注意到我的告诫意味。我其实也不希望他注意到。

然后必须在线填写定期的"指导意见"。我本应该要传达的事实是我们正面临一个潜在的灾难,但是如果吉姆读到这些内容,他就会放弃或者崩溃。这将是自我应验的预言,而吉姆也会控告我公然伪善。所以我会注意自己的言辞,而不是将事实和盘托出,然后每周传递大致相同的乐观信息,而不会表现得过于焦虑。("尽管吉姆论文所剩的时间不多了,但是他现在正朝成功迈进……")

假设我和吉姆没成功,他确实放弃了论文写作或是完成了论文但是没通过。我的同事努力地查找原因,并调取所有相关文档。没有一份文档能预测灾难的来临。于是他们得出结论,灾难是不可避免的。

我想,不是的。这不是透明,而是一种新型伪装的不透明。具有一点私密的空间也许是我们获取诚信应该付出的代价,难道我们不能接受这个事实吗?

评论

是的,吉姆令人担忧。但是这里面真正的困难到底是什么呢?

难道放弃不是吉姆更好的选择吗,虽然玛丽一直极力劝导他不要这么做?

——保罗

难道更好的选择不是在那潜在的灾难到来前,对这个虚构的吉姆保持坦诚并和他一起努力吗?如果他不知道你已经察觉了这个灾难,而你又不断地给予他正面的反馈,他根本不会去寻求必要且应得的帮助和敦促。（让我们正视问题，有时候你知道你需要那来自导师的强有力的敦促。）

——ZAREEN

爱笑人

2009 年 3 月 15 日

我本来应该意识到在慈善募捐周（Comic Relief，英国的喜剧救济基金会组织的慈善活动）做一场关于罗马晚期笑话书（《爱笑人》，希腊语 *Philogelos*）的大型讲座，会比平时更能激起人们对这种非主流经典作品的兴趣。但是数月前，当我确定应邀前往纽卡斯尔的日期时，还不知道这是慈善募捐周活动。

事实上，直到讲座开始前别人提醒我，我才意识到这个巧合。"你要做关于罗马笑话的讲座，而明天恰好是红鼻子节（Red Nose Day），这真有趣！"他们说。

不管怎样，因为纽卡斯尔大学高效的讯息发布，使我在到达泰恩河岸前，手机上就已经收到许多媒体的采访邀请。这种情形下接受采访着实令我头痛。问题在于大多数记者以为我确实发现"或者可能挖掘"出了一本全新的、不为人知的罗马笑话书。

《每日邮报》（*Daily Mail*）询问是否能拍一张这本书的照片，好像托布奈丛书中罗杰·道（Roger Dawe）版本的照片并不能满足他们的需求，而这却是我所能提供的全部了。

很难向人们讲清楚这本书其实已经问世几个世纪了［约翰

森博士对它情有独钟,喜剧演员吉姆·鲍恩(Jim Bowen)最近还表演过其中的一些片段〕。但是我却比前人研究得更深入,角度更独特。这是对经典研究的新意所在。

我还很快发现为那些来采访的报纸和电视准备一些关于古代笑话的保留节目,可以起到不错的效果。我甚至发现有些笑话能逗笑《太阳报》(*The Sun*)的记者。

我想最受《太阳报》喜爱的笑话是以下这则。

一个男人对性欲旺盛的妻子说:"今晚我们做什么,做饭还是做爱?""随你,"她回答说,"但是没有面包。"

奇怪的是,红鼻子日过后,人们的兴趣未减。《今日》(*Today*)节目周六上午的节目需要一两则笑话作为素材。这有点小麻烦,因为我要在 9∶30 参加在弥尔顿·凯恩斯举办的保证驾驶安全的速度意识培训(丈夫明确告诉我必须在 7∶30 出发)。结果,我在 7∶25 时用电话给他们讲了两个笑话,然后匆匆(不,不是匆匆)开车离去。

但是不久 BBC 国际频道(*World Service*)打电话让我接受《新闻时间》(*Newshour*)的采访。我能接受采访的唯一时间是在安全培训中心停车场时,前提是如果我能顺利地提前到达那里的话。

我还真赶到了,利用 9 点半之前的几分钟,用手机预录了采访,准备当天晚些时候使用。这里应该有喝彩之声。国际频道在理解力方面甚至超过《今日》节目,我根本没有必要去解释这一"发现"的实质。我们用五分钟谈论了这些罗马笑话对争论问题本身产生影响的有趣方式(这是我尤其感兴趣的)。

我给他们讲了我最喜欢的一个笑话。

三个男人——一个学究，一个理发师和一个秃子——正在长途旅行，晚上在野外露营。他们决定轮流值班照看行李。理发师第一个值班，感到无聊，就给学究剃了头来打发时间，然后叫醒他接班。学究起来后，摸着光头说："这个理发师真蠢，怎么把秃子叫起来了。"

评论

评论者忍不住再讲几个《爱笑人》中关于学究的笑话……

我最喜欢下面的这则学究笑话。一个学究听说一对双胞胎兄弟中的一个死了。当他遇见其中健在的另一个时问道："你和你兄弟到底谁死了？"

——吉尔伯特·L.吉利奥蒂

我喜欢的笑话相当微妙。一个学究做梦踩到了钉子，醒来后给自己缠绷带。另一个学究在了解到原因后说："难怪他们说我们蠢！你睡觉为什么要光着脚呢？"

——迈克尔·布利

……媒体报道之前……

许多耸人听闻的标题广受各高校的新闻办公室推崇。有时我很替新闻办公室的这些人感到遗憾，因为以这种方式进行宣传需要很好的想象力和跨文化思维。我自己供职过的一个权威的学术研究机构曾经用自己的研究进展去满足一些报纸媒体的好奇心，指出进化心理学研究所已经发现大脑体积大的哺乳动物更能躲避捕食者。我要为免费报纸《地铁》（Metro）点赞，它以《夏洛克，少扯淡》为标题讽刺性地报道了整个事件。

——SW. 福斯卡

赫斯顿的罗马盛宴

2009年3月25日

第四频道播出了赫斯顿·布卢门撒尔（Heston Blumenthal）介绍历史上有名的烹饪方式的系列节目。本周介绍的是罗马饮食（我猜想应该是在其肥鸭餐厅使用带有诺瓦克病毒的脏刷子事件之前录制的）。节目中充斥着奢华和性（相差无几）。在我们的观念中，罗马人是"做作、偏执和亢奋"的，因而赫斯顿开始着手为一帮名人制作"做作、偏执和亢奋"的罗马饮食，这些名人被雇来对做出来的食物进行品尝和评价。

这背后需要做大量查阅文献的工作。赫斯顿很多图片出自洛布（Loeb）古典丛书版本中佩特罗尼乌斯（Petronius，古罗马尼禄皇帝的亲信）所著的《萨蒂利孔》（Satyricon，一部描写宫廷荒淫享乐的纪实小说）。但是收看的主要乐趣在于他是否能真的把这些菜做出来。

罗马宴会重要食材鱼子酱，他做得不错。这种罗马人喜爱的酱是用腐鱼制成的，正如赫斯顿所说，看上去，他们大多数的食物都涂这种酱。正是这种鱼子酱难住了大学生们的罗马晚餐聚会（普通鱼酱是不行的）。但是就连赫斯顿也没有耐心像罗马人一样等上三个月来让鱼腐烂，他设法加热并混入一些鲭鱼肠，最终使得它们看起来非常像美味（赫斯顿坚持这样认为）的泰国酱。

令我最感兴趣的是再现"木马猪"。这是佩特罗尼乌斯在《萨蒂利孔》中描写的一道好玩的菜，但是罗马其他文学作品中也提到过。在一头大烤猪的肚子里填满香肠，当撕裂猪的肚皮进餐时，看上去像是肠子翻滚出来。

在佩特罗尼乌斯的作品中，这是主人特里马乔（Trimalchio）和厨师给晚餐客人的一个恶作剧。烤好的猪被抬上来，厨师也过来了，并对忘了取出肠子表示歉意。特里马乔假装生气，斥责厨师脱掉上衣准备挨鞭子，其他的宾客开始求情。"好吧，"特里马乔说，"现在就把肠子取出来。"然后所有的香肠都翻滚出来了，每个人都赞叹不已。

赫斯顿做这道菜要麻烦得多。

他最终不得不用大推车把猪推上来，然后相当笨拙地把它的肚皮弄开。在医用内窥镜（罗马人厨房里没有的装备）的帮助下，香肠被井然有序地排列在肚子里。虽然这帮名人配合地发出"哦，啊"的声音，他也竭尽全力向他们呈现了一盘你可能会误认为是内脏的东西，但是当刀子进去时，并没有肠子翻滚出来的震撼效果……

他制作佩特罗尼乌斯所描述的射精蛋糕时，运气就好多了。这种蛋糕是他所做的罗马布丁的中心装饰品。

所以赫斯顿所做的菜逼真度如何？我还以为会做得更加糟糕。的确，节目中充斥着说罗马人世界第一贪吃的老腔调，我一直感觉他会向我们讲述罗马人如何在品尝一道菜和另一道菜的间隙时呕吐的古老传说（尽管并没有），想想都觉得恶心。

此外，节目中根本没提，即使富人真的吃这种东西（他们大概是不吃的，谢天谢地，《萨蒂利孔》是一部奇幻小说），穷人的饮食柔和得多，奶酪、水果和卷心菜。

同样，我很高兴地宣布他错过了我曾称之为"睡鼠检测"的这道菜。（"你在再现的罗马盛宴上等待睡鼠出现的时间越久，可能这种复原就越精确。"）我们知道罗马人吃火烈鸟和母猪乳房，继而有了赫斯顿速制牛脑羹的可怕一幕。但是菜品中我连睡鼠的影子都没见到。

评论

我也好奇什么时候能看到睡鼠。我怀疑，之所以没有出现睡鼠，是因为那些靠社会福利生活的人无法接受让这些可怜虫（指睡鼠）养肥的做法。尽管从赫斯顿在屠杀场的举止以及他欢快地给活鱼开膛的行为来判断，他根本不会在意这点。

最后一道菜，"射精蛋糕"，看上去主要用巧克力制成。我觉得这一点儿都不逼真。

——尼尔森·琼斯

学校应该教推特吗？

2009 年 4 月 3 日

几天前有一个说法让人很纠结。该说法认为小学不应该再讲授 19 世纪的东西，而是应该教孩子们使用博客、推特和维基。最令我感到不安的不是推特的地位高于了（例如）诗歌，而是按这个观点,中央政府应该要求英国所有学校开设推特(或是其他什么)课程。这对于那些长期煎熬、差异极大的学生和老师而言,是又一项一刀切式的不合理要求。

在我看来,教给孩子语言、样式和风格的各种不同使用方法没有错。事实上,我清晰地记得12岁时曾在一堂英语课上练习写过电报。(20世纪60年代时的电报差不多相当于现在的推特,不是吗?)

我还记得,布置的任务是写一封电报给获得剑桥奖学金的人,请他们确认领取(这种练习大概是为提升我们的学习热情而进行点滴渗透的方法之一)。我的电报(甚至现在我还引以为豪)是这样写的:WON SCHOLARSHIP CAMBRIDGE WIRE IF ACCEPTING(获剑桥奖学金若接受回电)。(我认为在"剑桥"和"回电"之间不用"句号代码",意思也是足够清楚的。)

这是一个不错的简洁方面的练习。我认为推特却不是这样。

当"一个剑桥教授的生活"碰巧成为国民教育的内容时,你会觉得好笑、惊讶或是完全的恐惧。我的一个朋友刚刚出版了一本书,名叫《世界和时间:在背景中讲授》(*World and Time: Teaching Literature in Context*),其中一个目的是帮助老师讲授各种文体中文学分析的方法。书里面可能有的都有了:华兹华斯(Wordsworth)、艾略特(Eliot)、扎迪·史密斯(Zadie Smith)、弗吉尼亚·伍尔夫(Virginia Woolf)、朱利安·巴恩斯(Julian Barnes)等。嗯,不可能有的也有:例如我。准确地讲,我有一篇标题为《自我提升?》的博客,是很久以前在我的书《罗马凯旋式》(*The Roman Triumph*)出版时写的,主要介绍了该书的宣传活动("我的一周从《开始新的一周》

这个节目开始。有两百万的听众，所以这很可能是听说过我这本书的人数最多的一次了"）和发布会（"地点是在希腊大街上一个非常不错的地方——举行凯旋式派对的绝佳场所……明白吗？"）。坦率地讲，之后我对会出现的书评既恐惧又盼望。"幸运的是，到目前为止，我做得非常好。《星期日泰晤士》（Sunday Times）上有很大的篇幅对我的书进行了报道……别担心，这并没有冲昏我的头脑！因为弗雷迪·拉斐尔（Freddy Raphael）在《观察家报》（Spectator）中及时给我泼了一小盆冷水。"

《世界和时间》中其他的作家（是指还健在的人）很可能已经习惯于人们剖析他们的诗歌和文章，但是我以前从没见过任何人如此对待我的作品。我假定他们完全弄错了，或是他们所说的是我那些非刻意为之的文体特征上的小聪明。但事实根本不是这样。他们上来就谈起我博客中那些精心设计的亲密语气（我用了 geddit 而不是 get it 来表达"明白吗"的意思，用 Freddy Raphael 而没用 Frederic Raphael 来称呼弗雷德里克·拉菲尔），说我总是直接向读者喊话（"别担心"）并且使用一些（刻意为之的）轻快的重复（"我的一周从《开始新的一周》这个节目开始"）。书中还"恰当地"指出，我把那并不是很漂亮的词"漂亮"，不够漂亮地重复了数次。

在这一部分的结尾还留给学生一些讨论的题目和需要回答的问题："博客真的能被严肃认真地视作一种文学作品吗？"或者："我们在屏幕上看博客不同于在纸上读文章吗？"我想我真是非常高兴有一些孩子研究我的博客，并思考电子时代的写作与文学。（好吧，我也许会非常高兴，不是吗？）但是所有的学生群体被迫用"一个剑桥教授的生活"来打磨文学技能，我认为这是教育的噩梦。

评论

商业圈过去常常使用电报挂号，是为了节省发电报人的钱。布莱克威尔（Blackwell）牛津旗舰店（牛津一家历史悠久的家族学术书店）是 BOOKS OXFORD（对它的邻居 BODOX 来说复杂了点儿）。牛津的辩论社团的电报挂号是 ACME OXFORD，一度有人怀疑 M 是 N 的误印。护照上的说明文字（有时是在土耳其坐巴士时唯一的读物）标明所有英国领事馆的电报挂号都是 BRITAIN 加上城市名，而所有英国高级专员公署的电报挂号都是 UKREP 加上城市名，这是有道理的。更具有神秘色彩的是所有英国大使馆的电报挂号都是 PRODROME 加上城市名——英国女王陛下与浸礼会的圣约翰有什么关系？

——奥利弗·尼科尔森

外交礼仪在线字典给出 PRODROME 的定义以及它在英国电报中的用法："PRODROME，外交及联邦办公厅的电报挂号，最初注册于 1884 年。源自希腊语 prodromos，意思是'前兆'，选这个词很可能是认为大多数的电报是更长更详尽急件的前兆。在 1911 年，意大利入侵奥斯曼的省份的黎波里不久，据说意大利军事审查员误将 PRODROME 当成了新闻通讯社的名字，认为英国总领事不太友好，并拦截了其电报。"

——托尼·弗朗西斯

历史上的女孩们与戴维·斯塔基

2009年4月5日

戴维·斯塔基（我以前批评过这个人，因为他对古代史的表述有些不准确）已经开始在《广播时报》（Radio Times）节目中夸夸其谈了，谈论女性化的历史是如何形成的：他不太赞同这种发展。

他正在谈论自己关于亨利八世的新电视系列节目："某种意义上，最大的问题之一是亨利八世似乎已经被他的妻子们迷住了。这很怪异。但是女性化的历史就是这样，众多对此进行描写的作者是女性，众多读者也是女性。不幸的婚姻是巨大的票房。"

要真是这样多好，我发现我陷入了思考。尽管我很欣赏研究古代史的男同事的作品，但是仍然觉得这些作品只有再女性化一些才会更好。就我在剑桥所见而言，在大学里英国当代史的讲授就基本没有多少捍卫女性权力和影响的迹象。事实上，据说考虑到英国各校历史系的性别平衡，如果一门课偏离英国历史那些"中央时期"越远，越有可能是女性在讲授它。换句话说，女性被边缘化了。

但是女性化的历史到底指什么？是为女性写，被女性写，还是关于女性？

果然不出所料，各大报纸汇集了书写女性的女性作家的愤怒回应：《德文郡女公爵乔治亚娜》（Georgiana, Duchess of Devonshire）的作者阿曼达·福尔曼（Amanda Foreman），《阿泰纳伊斯——法国真正的王后》（Athenais, The Real Queen of France）的作者丽莎·希尔顿（Lisa Hilton），等等。我相信她们都是优秀的历史学家。但是女性化的历史不是假装女人和男人一样有权力或者影响力，然后用同样老套的方式书写她们。

喜欢挖苦斯塔基的《星期日泰晤士》列举了一些在罗马史上有分量且不该被遗忘的女性：梅萨利纳（Messalina）（皇帝克劳狄乌斯不忠贞的妻子）和小阿格里皮娜（Agrippina）〔在梅萨利纳之后嫁给克劳狄乌斯，尼禄（Nero）的母亲〕，克丽奥佩特拉（Cleopatra）和皇帝君士坦丁（Constantine）的母亲海伦娜（Helena）。

但是我想，等一下，这不是更复杂了吗？确实，梅萨利纳和小阿格里皮娜是不是有分量的人物，我们几乎毫无证据。我们只知道她们是一种有用的标志，被罗马的作家们用来影射其政治体制的弊病。我不是说她们是表面光鲜却将枯萎的紫罗兰。但是她们确实是易于遭受嘲笑和侮辱的对象，是作家手中用来谴责罗马帝国各种天灾人祸的道具。如果有人死了，那一定是小阿格里皮娜下的毒！一本历史书以小阿格里皮娜为主线还不如以尼禄为主线更有意义（前者的推测意味更强）。

我想女性化的历史是以不同的方式看待历史，对权力持有不同的认识。举例来说，这种历史不应该总是从古老皇室家族夸张的噱头和穿着紧身衣的都铎王朝王室成员开始，不是吗？

评论

哇！问题到底是什么？历史究竟怎样变成女性化的？也许最终是靠关注历史上的女性？比如说，我刚刚开始关注的从中世纪晚期到文艺复兴早期的大量女修道院志。很明显，一旦这些能被大量地翻译，它们将被视作庞杂的人文主义文学中的一个流派,是被女性写,关于女性,并为女性写的。真不错!

——约翰·T

关于阿格里皮娜(大小两位)、梅萨利纳和克丽奥佩特拉的大多数书面证据不都是出自有着"后见之明"的精英男士之手吗?几乎都充满敌意。如果你看当代的证据,如钱币、雕像等,画风则完全不同。例如,小阿格里皮娜被视作一个联系着过去和将来的通道,是皇帝们的姐妹、妻子和母亲。权力对大多数人来说遥不可及,但是女性总会对它有所影响。现在是男性历史学家意识到这一事实的时候了。

——杰姬

诺曼·梅勒曾经这样评论学术界的女性主义:打倒男性,拥护女性!在这儿也适用。

——马里恩·戴蒙德

海盗?试试庞培的解决方法?

2009年4月13日

海盗,自古至今一直存在。或者,至少可以说,有些我们不喜欢的人在公海上做着肮脏的勾当,制造悲剧性的后果,就像我们上周看到的有关索马里海盗的报道一样。

到底谁能算得上"海盗"一直存在争议。因为海盗不像恐怖分子定义得那么客观。毕竟,对于世界上大多数人来说,德雷克爵士是可怕的海盗。但对英国人来说，他不管怎样还算得上是一位探险家。

但是无论你如何定义他们，罗马人还是对这些在地中海上航行的罪犯感到很头疼。有时就很难判定古代海上航行中哪种危险更大：船只遇难或是被一帮暴徒绑架，这帮人会对富人勒索赎金（或是将抓到的人卖身为奴）。

被海盗绑架的人中最有名的是年轻的尤利乌斯·恺撒（Julius Caesar）。公元前1世纪70年代他落到了海盗的手里。当然，后来这个绑架故事经过润饰加工，成为恺撒后期人格和事业的精彩前传。据说，当海盗要求他提供20塔兰特赎金（一大笔钱）时，恺撒告诉他们自己值更多的钱并坚持让他们把赎金加倍。

恺撒同行的一些人离开回去取赎金，留下恺撒与海盗们生活了大约一个月。据说，他像要求仆人一样，告诉海盗在他要休息时保持安静，在他演讲时要认真倾听，并威胁他们如果不听话，当他被释放后会把他们钉死在十字架上。赎金送来后，他获得了自由，后来他也确实将这些海盗中的很多人钉死在十字架上。

但是，恺撒的劲敌庞培（见上图）以开明的态度打击海盗并取得最大的成功。

公元前1世纪60年代，海盗成为地中海航运的巨大威胁。公元前67年，罗马给庞培下了一个"特殊命令"，并且为他提供大量军资以消灭海盗。这位未来的将军获得了绝佳的机会来证明自己的军事天赋。他将地中海分成不同的管控区域，任用忠诚的下属，在几个月里就清除了海盗。

但是庞培很聪明，他意识到，除非海盗有了其他的生计，否则很快会卷土重来。（阿富汗的问题基本上就是这样：如果不靠种植罂粟赚钱，他们又将如何生存。）所以，在一项了不起的早期"罪犯安置"方案中，他向海盗提供靠近海岸的小块农田，以便他们能靠正当的收入生活。

事实上，罗马帝国晚期评论家塞尔维乌斯（Servius）指出维吉尔（Virgil）的作品《农事诗》（*Georgics*）中就有对其中一位金盆洗手的人的描述（第4卷，第125行）：一位老人住在意大利南部塔伦特姆附近，安心地靠养蜂度日，他的海盗时代已经一去不复返了。

这种解决方法比与索马里海盗交火更好，不是吗？

评论

J.N.L.迈尔斯（J. N. L. Myres，前博德利图书馆管理员，盎格鲁-撒克逊人）的讲座是我听过的最具吸引力的讲座之一。该讲座描述了第一次世界大战期间，他的父亲J.L.迈尔斯（BBC节目《谁是希腊人》）如何花了大把时间在小亚细亚沿岸地区组织偷牛活动，从而牵制了大量土耳其武装力量，否则这些武装力量可能会被部署到加利波利（Gallipoli）或者库特（Kut），又或与英国的艾伦比（Allenby）将军交战。我记得他的私掠巡航好像结束于盗取 W.R. 帕顿（W. R. Paton，著有《勒布希腊诗集》）的希腊籍妻子娘家的一些牛之后。我相信这个讲座的宣传册《爱琴海的黑胡子大将：英国皇家海军志愿后备队 J.L. 迈尔斯司令》一定可以称得上是稀有的文献。

——奥利弗·尼科尔森

剑桥毕业的女性文学巨匠
——谁正在照料孩子？

2009 年 4 月 27 日

成为纽纳姆学院（Newnham）的一员有很多好处，即使（或尤其）在 2009 年，我仍然可以详细地讲述女子学院的优势。这个我在后文中会讨论。这个周末我一直在思考的是纽纳姆学院的文学传承。我们的校友（我现在几乎习惯了这样称呼她们）中有一些是 20 世纪最优秀、最知名的作家：A.S. 拜厄特（A.S.Byatt）、玛格丽·特德拉布尔（Margaret Drabble）、克莱尔·托马林（Claire Tomalin）、西尔维娅·普拉斯（Sylvia Plath）、琼·贝克韦尔（Joan Bakewell）、杰曼·格里尔（Germaine Greer）、凯瑟琳·怀特霍恩（Katharine Whitehorn）以及萨拉·杜南特（Sarah Dunant）等。

所以某种程度上也是为了庆祝这显赫的成果，剑桥文学节（Wordfest，当地的文学盛会）今年在纽纳姆学院举行了一些适当的活动,学院设晚宴款待演讲者和各路人等,包括我。几乎我们所有人都和纽纳姆学院有着某种联系,在这里学习或是工作过。

我们桌有14个"女生",在我这边坐着的有弗朗西丝·斯波尔丁(Frances Spalding)和伊莎贝尔·格雷(Isabelle Grey,在纽纳姆学院读本科时和我是同年级),还有琼·威尔逊(Jean Wilson)。我"承认"饭后我和伊莎贝尔、丽贝卡·艾布拉姆斯(Rebecca Abrams)以及学院的副院长凯瑟琳·塞维尔(Catherine Seville)畅饮了很多红酒。

聊得怎么样呢?

嗯,晚宴上我和弗朗西丝谈工作。她打算和苏珊·塞勒斯(Susan Sellers)在文学节组织一场关于弗吉尼亚·伍尔夫的研讨会。研讨会的亮点是展出伍尔夫在国王学院进餐时用的那张有名的桌子。正如伍尔夫在《一个人的房间》(Room of One's Own)里所阐释的,这张桌子是一件女性主义的标志性家具,而它最近被借给了纽纳姆学院。此外,弗朗西丝的一本关于约翰·派珀(John Piper)和迈范维·派珀(Myfanwy Piper)的书也即将问世。

但是饭后,很快我们如同其他女人一样,更多地谈论起女人的命运。当女人享有与男人一样的权利时,男人和女人的生活和事业仍然存在着差异,为什么会这样?

我们认为这很大程度上与家庭责任的"概念经济"有关。我在午餐时和一些在纽纳姆学院工作的母亲交谈过,了解到无论她们在做什么(从分裂原子到讲授盎格鲁-撒克逊),她们从来没有能完全将家庭生活抛开。她们的脑子里一定会为找不到的芭蕾舞鞋、幼儿园的圣诞聚会和将要接种的疫苗留有空间。

大多数男人，我相信，无论在家里分担多少家务，只要他们走出家门就会把这些都抛在脑后。我曾观察过傍晚时参加剑桥研讨会的学者们。假设讨论进展得很顺利，你仍然可以看到他们在盘算是否能再多待一会以及晚回家一小时该怎样道歉。用鲜花？还是红酒？还是出去吃饭？女人们别无选择，她们会马上回家。

我们用了一个悲剧性的反例结束了那晚谈论的主题。伊莎贝尔想起一个美国人的故事。这个美国人去上班，忘了把孩子送到托儿所而是遗留在了汽车里。下班时，他发现锁在车里的孩子因为车内温度过高而死亡。

这是一个都市传说？不，这是真实发生的事情。"天啊，我把孩子落在公共汽车上了。"这个古老的笑话又有了新的版本。

评论

1998年至2008年间，美国平均每年有38名儿童死于车内中暑。这似乎与强制性安全气囊有关，将孩子放在前排座位违法。孩子被放在后排座位。这可真是"眼不见，心不念"。

——托尼·弗朗西斯

对下面这个句子的回复："大多数男人，我相信，无论在家里分担多少家务，只要他们走出家门就会把这些都抛在脑后。"

玛丽，句中的"大多数"救了你，因为我也无法给出具体的统计数字。但是恐怕我和你的想法不同。事实上，我更倾向于没有这样的假设：男人纯粹/通常/就是这样。这对于我们这些无论多么喜欢学术讨论，但晚上一定"愿意"陪伴家人的男人来说是难以接受的。

——JIW

　　玛丽，今天写的内容很具有挑衅性！我们博学的朋友JIW已经先我一步，但是我完全认同他的感受。纽纳姆学院的女士们可能会邀请我和詹姆斯这样的人参加讨论。但是我想让会议/研讨会快点结束，带着孩子去参加小精灵俱乐部的演出。这样的事情（今天周一，所以今晚轮到我，明天轮到比弗斯，周三舞蹈，周四准备晚餐）对于现在30岁左右的父亲们来说太正常了。

——克里斯

　　尽管女性不断取得比男性更好的学术成果，但是对于女性的看法仍然是贬低和破坏性的。男人的魅力被认为体现在地位和财富，拥有多少房子、汽车、美女/情人等。女人的魅力则体现在对这样的男人有多大的吸引力。可怜的女人。所以我们要像布狄卡（Boudica，坚强而富有韧性的不列颠部落女王，看不惯她的臣民在罗马人手下受苦而揭竿起义）一样，消灭数量众多的寄生于我们国家皮肤上的狡猾自负的雄性寄生虫和疖肿。

——XJY

学院需要新的谢恩祷告吗？

2009年5月12日

　　这是学者们的另一个日常故事。

我们纽纳姆学院的学生（至少是部分学生）觉得正式晚宴前的谢恩祷告过于基督教化。我们以没有小教堂（剑桥唯一没有小教堂的主流本科学院）为骄傲，然而在正式晚宴前我们却总是得用拉丁语这样谢恩："Jesum Christum dominum nostrum（感谢上帝赐予我们食物）""deum omnipotentem（全能的主啊）"以及"pro largitate tua（感谢您的慷慨）"等。从某种程度上来讲，学生们的想法是合理的。

所以，上周她们在学院会议上提出新的谢恩祷告供我们参考："Pro cibo inter esurientes, pro comitate inter desolatos, pro pace inter bellantes, gratiasagimus."（祝愿饥饿的世界获得食物，孤独的世界收获友谊，暴力的时代享有和平，我们将不胜感激。）

这句谢恩祷告是下了不少功夫的，拉丁文没有明显的语法错误。但是，即便作为一个非宗教人士，我还是无法接受。

首先，它虽然在音调上的确有中世纪的感觉，但却完全不是古典拉丁语的风格。（确实，财务主管表示赞同，但是问题是，古罗马人那时是没有谢恩祷告的，对吧？而新提出的谢恩祷告更适合用在国内 15 世纪大教堂里而不是西塞罗的餐桌旁。）而且，更糟糕的是，本科生们的改写实际上是用某种时髦的灭绝语言来堆砌华丽的陈词滥调的经典例子，这其实就已经是对这种灭绝语言的一种侮辱。我的标准很简单。我们能想象早上起来用英语将这个句子说出来的样子吗？不能。好吧，那么也别用拉丁语说。（就这一点而言，有人问是否可以绷着脸用英语说"现存的"谢恩祷告。我想，可能不行，但是至少绷着脸说没有割裂悠久的传统。）

外界的讨论比我上面的想法更复杂。学生们需要的谢恩祷告应该是世俗的还是包含多种信仰的？如果是世俗的，那么在新版祷告词中，她们要感谢谁呢？如果是简单的多种信仰版，那么我们是不是只要去掉"Jesum Christum"（耶稣基督）就行了？（显然犹太人、穆斯林和几乎任何有信仰的人都能容忍"deum omnipotentem"。）

会后，我们在想我们真正应该感谢的是否应该是厨师（或者，说得再狠一点，那些被我们剥削却带给我们美食的人）。但是用拉丁语怎么说呢？菲茨威廉博物馆文物保管员提议用"Servi oppressi"（大致翻译为"受压迫的奴隶"）。财务主管马上宣称这不是一个感谢员工的得体方式。

我们接下来开始思考我们是否有必要正式地批准任何形式的谢恩祷告。也许任何祷告人都可以用她们想要的方式进行祷告。我想到了全权委托。这项以前一直回避的任务突然令我很感兴趣。接下来是现存谢恩祷告的来历问题。它存在多久了，是谁提出来的？没有人知道。一些近期的研究表明祷告词是乔斯林·汤因比（Jocelyn Toynbee）提出的，她是纽纳姆学院最杰出的人物之一，也是一名天主教徒。

不管怎样，会后我们和往常一样去吃晚饭。院长会说什么样的谢恩祷告呢？

她聪明地回避了这个问题。她说："请坐！"

评论

"没有人知道。"你说这句话是想告诉我，纽纳姆学院的教授们并不是每人枕边都有一本翻旧了的雷金纳德·亚当斯（Reginald Adams）著的《牛津和剑桥大学的祷告词》吗？真是令人震惊。

——本·惠特沃思

"学者们的日常故事"：不；"剑桥的日常故事"：也许……

——理查德

你们的学生理解谢恩祷告？！你确信她们没有在耍你？好吧，我相信这都是你教学的结果。但是在我们学院，如果一位学者能够飞快地念出谢恩祷告，那是一件值得骄傲的事情。我们非常喜欢从伊曼纽尔学院引进的鸭子，当开始讲祷告词"quidquid nobis appositum est"时，我们称之为"嘎嘎祷告"。

——露西

把"gratias agimus（感谢上主）"变成条件句更有道理："我们将感激食物……"然后就将进入与上帝之间的新对话当中。

——安东尼·阿尔科克

总体感觉，纽纳姆学院学生的"Pro cibo"祷告词新提案与塞尔扣克（Selkirk）的祷告词一样打动我："有些人是有肉但吃不到（身体健康问题？）；而有些人是根本吃不到他们想吃的东西（贫穷？）；但我们有肉并且能够吃到，就让我们感谢上帝吧！"

——理查德·巴伦

"感谢我们完全有能力去享用食物"怎么样呢？一个实实在在并不优美的谢恩祷告，避免了所有信仰间的干扰。不过它会刺激食欲吗？

——尼尔·琼斯

被禁的基督教

2009 年 5 月 15 日

在博客中谈论纽纳姆学院内部对谢恩祷告的讨论也许（正如有人已经指出的）有点儿欠妥。但是我就是忍不住。正如罗马诗人恩尼乌斯（Ennius）所说，"对于一个智者而言，藏匿口中燃烧的火焰要比隐瞒心中真实的想法容易"。此外，我想学院在这件事情上处理得不错。总体来说，学生认真对待多元文化、多种信仰和传统习俗，教授们认真对待学生的评论和建议，讨论从各个角度围绕相关问题展开。在外人看来，这可能很有趣，但是现场却充斥着唇枪舌剑，展示了在这个不错的单一性别机构中能言善辩的年轻女性们的风采。她们可绝不是一些穿着罗兰爱思品牌服装的弱女子。

当《剑桥晚报》打电话想了解更多信息的时候，我十分担心。但是对方向我保证会（实际上没有）在周四的报道中做到真实和准确。好吧，故事本身没问题。但是标题（在头版）写着《谢恩祷告被禁》（当然不是这么回事）。

这件事没多久就被《邮报》《快报》《电讯报》和杰里·米瓦因（Jeremy Vine，BBC广播主持人）等报道了。

我是多么天真呀！

每个记者都能从这个故事中找到一些东西满足自己的偏见。《邮报》成功地将批评忘恩负义的学生（"有幸进入剑桥的学生应该满怀感激"）与抨击她们的反基督教情绪（传统谢恩祷告中的基督教内容"对她们来说太过分了"）结合在一起。随后是我对新提出的拉丁语祷告词的反对和一位资深导师的一些敏感词语。（几乎没有提及纽纳姆学院无宗教派别的传统……这是学生们观点中非常重要的一部分。）对这篇文章的评论褒贬不一，有的为废除宗教束缚而欢呼（是的，见《每日邮报》），有的为基督教在英国的衰落而哀悼（夹杂着不少对学生的抨击）。

《快报》竟然造出一个更粗野的版本："晚餐前的谢恩祷告被丢弃……"（不，没有。）而《电讯报》和《泰晤士报》的鲁思·格莱德希尔（Ruth Gledhill）显然更加谨慎，提前进行过研究。鲁思甚至找到菲利普·霍华德（Philip Howard）对那句拉丁祷告词（"我很喜欢它三联式的修辞，但不确定西塞罗是否会喜欢那些'关联'"）以及学院进行评价（"纽纳姆学院是高尚女士的学院，我敢说就餐前她们想要思考和平、世界贫穷和布丁"——我觉得听上去有点罗兰爱思的意味)。

当然,整件事占去了学院职员的大量时间。正如你所想,我不是很喜欢这一个月的经历(尽管事实上,宣传效果大体上非常好,而且他们把学院拍得很美)。

评论

我为那些碰巧喜欢穿罗兰爱思的纽纳姆学院在读生感到难过……我理解你致力于反对那些陈腐思想,你自身也可以选择不随波逐流,但是请承认喜欢碎花连衣裙的年轻女性也可以是以独立思想示人的严肃知识分子。

——理查德

几年前我从信仰天主教的利物浦前往牛津,到那里后,令我非常惊讶的是新教徒饭前用拉丁语感谢万能的主赐予食物。我们在学校时就被喋喋不休地告知在任何情形下都不要读《三十九条信纲》,当然一有机会我们就读了。我被英语的唯美深深地打动了。我想知道为什么"牛津的聪明人"不用比拉丁语美得多的英语做谢恩祷告。

——安东尼·阿尔科克

等一下,心存感激真的有错吗?我知道"认为得到食物理所当然"是不对的,但是心存感激呢?"真正的"感谢能造就慷慨。我认为另一个选择就是不吃,等等。在道德上备受践踏的人确实在永恒的伦理信用方面探索了一种可能。

——Q

我虽然不是基督徒,可是数年前仍然很乐于背诵学院谢恩祷告。当时学者们一周轮流一次。优美的长篇拉丁文仍在我耳边回响。一天早上我开车去上班,在经过威斯敏斯特大教堂前门的西侧时,我发现了这个祷告的英文版,用 6 英寸大小的字体雕刻在石头上。这些经历是花钱都买不到的。然而感觉年轻人因为被误导,完全不顾这些经典的词句了!

——杰里米·斯通

考试噩梦

2009 年 6 月 12 日

我做了一个新的关于考试的噩梦。过去的 35 年里,我每隔几周就会从同一个噩梦中惊醒:我刚进入考场,要么是桌子上的试卷不对,要么是我复习错了科目,要么就是试卷上的语言我完全不懂。

然而,现在我有了一个新的"现实生活版"的噩梦。考试开始了,可是我没有按时到达考场。

剑桥的制度是各"考试委员会"必须派一位出题人到使用自己试卷的各考场巡考,以防学生有疑问,或是发现试卷有错误等等。可是周一上午 9 点钟我没有按时出现在剑桥考恩文化中心。IB 部分古代史考试开始后的前 30 分钟我都应该在那里。

真相是我完全把这件事给忘了。

原因并不是我在做什么有趣的事。实际上,我正在家里给另一名出题人发邮件商讨我们要怎么分配和互换收上来的考卷。

我当时穿着睡衣，完全忘了自己应该去剑桥考恩文化中心。

上午9：20（我本应该9点钟到达，现在已经过去了20分钟），考场一名监考打我手机问我在哪儿。事实上，我没有及时接听到这个电话。但是很快，学院又来电话了。他们解释说没有什么大问题。一个学生对试卷有疑问，但是我的一位神勇的同事（在那里监督另一门考试）替我解答了。但是他们想知道我在哪儿。

我马上回答：我穿着睡衣站在餐桌旁。接完电话，我马上穿好衣服冲向考场（借用了我丈夫的学术袍）。当我赶到的时候，神奇的9：30刚刚过去5分钟，总监考人对我非常友善。（我猜就像她对精神崩溃或是试着从崩溃边缘走出来的学生一样。）

我和提出问题的那个学生说了几句，然后和总监考人聊了一下不同科目考试时不同学生的不同表现。（显然，对于某些科目，学生在回答每道问题之间需要休息，上趟厕所或缓解疲劳……）

然后我骑上自行车回到办公室等着试卷被送来（共70份），接下来就可以评分了。

我鼓励自己，必须活下去，留得青山在，不怕没柴烧。

老师如何阅卷？

2009年6月15日

本来我不想说考试对阅卷人来说就像对答卷人一样令人讨厌。但是剑桥的教授们还是需要对文学学士荣誉学位考试（Tripos）投入大量的时间和辛苦的工作。你不仅仅必须仔细地批阅每一页试卷（我上一周几乎一整周都在忙这件事，每天工作超过 12 个小时），还必须决定采用哪种打分原则。

简单地说，如果你在批阅标准的"主观题"试卷，你可以"按题批"（也就是，给所有试卷第一题的答案打分，然后再给所有试卷第二题的答案打分，以此类推），你也可以"按人批"（也就是，给 A 学生所有的答案打分，然后再给 B 学生所有的答案打分，以此类推）。

前者的好处在于你可以更直接地将这些答案进行比较，更容易看出哪个学生在答案中提供了新的或是更有趣的材料。

大约 20 年前，我在一次批阅古代史试卷时，第一个学生提到关于雅典公元前 5 世纪政治家客蒙（Cimon）的水果树轶事，给我留下了深刻的印象。但是当我发现前 30 个学生当中至少有 20 个用了这同一件轶事，我意识到这一定是在上课时被反复强调过的。

"按人批"的好处在于你可以更容易看到每一个学生作答的整体概况。

多年以来，我逐渐形成了一种将两者折中的（耗时的）方法。自讨苦吃，但是我认为对学生公平。

首先，我用按题批的方法从头到尾批阅一遍。然后，再用按人批的方法仔细分析每一个学生。我将每一道题的答案又快速地读了一遍，这一次考虑每一个学生的整体表现。

这样做非常耗时，但是至少我能正视学生。对我来说，这是老式考试批卷应该遵循的基本原则。它存在残酷的一面，但是如果你能心安理得地面对学生，向他们解释给分的理由，这在我看来已经足够了。

然而今年我批阅什么呢？严格来说，按照规定我不能跟外界说。我们是共同考试委员会，承担共同的责任。但是大家很容易猜到我批阅的是 IB 部分的古代史（我们大多数学生在二年级快结束时都要参加）。毕竟，我早就已经承认是这样的了。

试卷的问题是这样的：共两部分，每一部分至少选一道题，三小时内完成三道题。（应该说这些问题与"七号文件"中预先确定的大纲相关，这不是一组随机的问题。）

第一部分

1. 德摩斯梯尼（Demosthenes）认为马其顿的菲利普国王是希腊的威胁，请问正确吗？

2. "个体是唯一重要的。"这样描述公元前 4 世纪希腊的政治和社会，请问正确吗？

3. 公元前 4 世纪的雅典联邦仅仅是对公元前 5 世纪雅典帝国的模仿，请问正确吗？

4. 假设你是哈德良（Hadrian）统治时期的罗马元老，你认为掌管亚细亚省的个人优势和劣势是什么？

5. "希腊文化几乎没有受到罗马在东方统治的影响。"这句表述正确吗？

6. 罗马统治在东方省份的强制程度如何？

7. "罗马宗教本质上是政治的分支，没有我们所了解的那种私人宗教虔诚。"请反驳这一命题。

8. 为什么一些罗马皇帝惩罚基督徒？

9. "我的天啊，我想我要变成神了。"（韦斯巴芗临死前躺在床上这样说。）你能解释一下为什么罗马人将他们的皇帝奉若神明吗？

第二部分

10. 所有的历史书写现在和过去用的笔墨一样多吗?(回答时请参考至少两位希腊或是罗马历史学家。)

11. "流放造就好的历史学家。"希腊历史学家是这样吗?为什么?

12. 西塞罗的信能够帮助我们理解他"真正的"的情感和动机吗?

13. "铭文特别珍贵,因为它们与文学文本不同,它们是没有偏见的。"请讨论这一命题。

14. "单独一篇铭文就能深刻影响我们对整个希腊或是罗马历史的理解,这是非常罕见的。"这是对铭文学价值过于悲观的评价吗?

15. 不了解客观环境和背景,你能很好地理解一篇铭文吗?

记住:参加考试的不是即将毕业的学生,而是古典学专业二年级马上结束的学生(或者是没学过拉丁语或希腊语高级水平课程的三年级即将结束的学生)。

你觉得如何?

评价

哦,拜托,教授,别取笑……

客蒙水果树轶事指的是什么?我在维基百科中没找到。(我现在都快把搜索引擎提供的词条看个遍了,也许我漏掉了?)

答应吧,告诉我,就一次,一个懒学生……

——彼得·亚当斯

……啊,水果树。我记得问题是"和罗马不同,古代雅典没有富与贫之间的互助机制",或是类似的意思,但是语言表达好很多。我记得该轶事出自普鲁塔克(Plutarch)的《客蒙传》(*Life of Cimon*)(我没有查阅资料确认!),讲述客蒙过去常常开放自己的花园以便于人们来采摘树上的水果。几乎每一个可恶的学生都提到这个故事并且说(我猜是米利特博士在上课时提到过)这是互助的一种被动形式。

——玛丽·比尔德

阅卷时,我通常将学生分为三类:稳赢者、摇摆不定者和笨手笨脚者。打个比方,我批阅稳赢者的试卷时,形成一个"标准",并且考虑到历史误差。然后,批阅摇摆不定者的试卷时,我将最糟糕的临时标上加号或减号,搁置一边。接下来,我用大部分时间来批阅笨手笨脚者的试卷。有些打破规则的学生可能是对的,但也有可能仅仅是曲解。然后返回摇摆不定者。在批阅完笨手笨脚者的试卷后,摇摆不定者的回答看上去合理得多,还是有救的。如果我有时间,接下来可能会返回稳赢者的试卷快速检查一下。

我发现通常需要读完一到两段才能判断一个学生的总体水平。大多数学生是前后一致的。前后不一致的学生就会比较麻烦。明显前后矛盾的学生是典型的摇摆不定者。例如,他们能写出漂亮的句子(通常是一个好的迹象),但是却无实质内容。尽管他们经常善于对此伪装——这通常是从他们老师那里学来的本事 :-)[①]。还有就是较少见的豪放不羁的答题者,他们其实

---

① :-) 为博客中常用的字符表情,代表笑脸。后同。

明白自己写的是什么,却光着脚去上课,在街头吃着生卷心菜(尽管这些人通常是笨手笨脚者)。

——XJY

阿瑟·莱昂内尔·史密斯(Arthur Lionel Smith)——历史学家,古典学者,贝利奥尔学院的院长——曾让他的妻子念学生答的试卷,一旦他认为听得足够去评判一个学生了就喊着:"过!过!"

现在阅卷人在每一份试卷批改之后,都要给出一张概述给分理由的表格。我再也没听说过让配偶帮忙的。

——大卫·马丁

学生回答主观题时,建议这样写:"安伯托·艾柯(Umberto Eco)认为……""这使我思考……""如果你知道这个神话,你就能更好地理解它""奥德修斯是诡计多端的"。不要这样写:"有这样一种观点认为……""所以可以说……""了解神话对读者是有益的""由此可见狡猾的品性有时某种程度上体现在奥德修斯的性格中"。

——迈克尔·布利

一年级的一个学生曾给我写信,说在中学学到的是主观题应该以"可以这样认为……"或类似的方式开头,问我在大学是否也应该这么干。我推测有时确实是这样的,这解释了为什么有时候学生会写出像"可以这样认为:大象比老鼠大"这样的句子。

——理查德

英国以前的教学体制是学生每周上交文章，教师提供辅导。现在却改成了许多中西部大学采用的大班授课。以前多年累积形成的教育观念突然转变，大家还真有点接受不了。我上的第一堂课讲的是罗马共和国。我的助教（TA）是从东海岸一所锋芒毕露的女子学院刚刚拿到学士学位的优秀毕业生。我对她说，我不确定当课堂人数达80多名时，学生是否还能在我的课上学到东西。"这简单，"她说，"安排一个突击测验。"我宣布测验的那个上午是我作为老师受欢迎程度降到最低点的时候。幸运的是，其中一个学生看到了有趣的一面。其中一个问题是"谁教会罗马人通过鸟的内脏预言未来"。（期待的答案是"伊特鲁里亚人"。）最令我难忘的回答是"桑德斯上校（译者注：肯德基的创始人）"。如果我以前讲过这个故事，请多包涵。

——奥利弗·尼科尔森

下面是一则关于莱奥弗兰克·霍尔福德-斯特雷文斯（Leofranc Holford-Strevens）的轶事。他现在是牛津大学出版社古典学编辑和研究古代文学的杰出作家。面对一道题为"翻译下面的……"的考试题，他选择将其翻译成了塞尔维亚-克罗地亚语。牛津没有人能给这道题打分，但是他们在伦敦大学找到了一位老师，这位老师给了他优秀。从那以后，题目改为"将以下内容翻译成英语"。我建议现在试试翻译成泰恩赛德英语看看会怎么样。

另一个是关于将三个小时全部用在一道题上的学生。他被给了优秀或是中等，口试是优秀。好吧，试试看，伙计们。

——保罗·波茨

我能回答第一部分第 4 题，答案是：
a. 裤子还没有被发明。
b. 切斯特斯堡冷极了。

——邻居，史蒂夫

毕业：没有动物被杀戮

2009 年 6 月 29 日

我们的学生周六那天毕业了。剑桥的毕业典礼持续三天，从周四到周六。学位授予仪式的顺序是按照各学院建立的时间排列的。（这意味着，1871 年建立的纽纳姆学院排在最后一天的第一个。）

我从不去参加毕业典礼。事实上，我也从来没有参加过毕业典礼，甚至包括我自己所有学位的毕业典礼。我的学位都是通过邮寄拿到的证书，也就是说 in absentia（拉丁语中的缺席）。当我本科毕业的时候，我根本无法面对所有的礼仪：披着毛边头巾的装扮，握住"引领老师"的手指，讲拉丁语并且与校长握手（或是校长的代表——可以理解大领导不会在议事大楼里坐上三天来主持仪式）。

我也无法面对这样的事实：一切都安排好了，而来观看典礼的父母却已经离异。（严格地说他们当时法律上还没离婚。事情是这样的，我父亲在离婚暂准判令生效后对整个法律程序失去兴趣，没有费心思去申请最终离婚判令，尽管他的律师提醒他了，但是他们在精神上已经离婚了。）我向他们撒了一个弥天大谎：毕业典礼不再是大多数人都参加了，只有少数优秀的代表才参加。

现在它成了我最大的遗憾之一。如果当时玛丽·比尔德能忍受一点点尴尬，灵活地协调一下父母之间的争吵，我本来可以让他们拥有骄傲、难忘的一天。所以现在当有学生对我说不想参加毕业典礼的时候，我会尽我最大的努力说服他们参加。

此外，我总是争取参加纽纳姆学院在毕业典礼后为大家安排的告别宴会。

我猜想，这次宴会一定也一如既往：许多年轻女士披着毛边头巾，许多父母笑容满面（即使当子女没有做到像他们曾经私下希望的那样好时，他们也能很快乐），还有许多香槟酒。（别告诉《快报》！我非常确信不管怎样他们都会说这是学生们花的钱！）我喜欢的事就是跟着我的学生，与她们的父母见面，通常还是第一次见面，这真的非常有趣。

在25年里只有一次听到过家长抱怨。他们大多对我们所提供的一切表示感激与感动（尤其是资深学者给予他们女儿个人的关注），而且他们非常高兴去分享子女教育独有的心得，这是其他人很愿意去了解的！

50年前的毕业典礼就是这个样子。只有一些事情例外。现在的典礼现场摆有摊位，向即将接受学位的学生和他们的亲戚朋友兜售商品。（有人想买泰迪熊吗？泰迪熊穿戴着印有纽纳姆学院标志的头巾或套衫。）毛边头巾现在不是真皮的而是人造的，很安全。事实上，议事大楼里的典礼内容也明显在打消观众的疑虑，告诉人们在毕业典礼举办过程中没有动物被杀戮。

嗯，不准确。我的一个学生披着一条旧毛边头巾，它的确是用兔子（或是其他什么）的皮制成的。我不得不说它看上去更好看。它是一种温和微暗的米黄色，不是合成的那种明亮的涤纶感的白色。合成的毛边头巾到处掉毛，而且总有静电。

好吧，虽然不可能为了她们都能披上真皮的毛边头巾而去大规模屠杀兔子（即使假设爱护动物的学生能够容忍），但是那确实会带来美感上的提升。

评论

授予毕业生学位的学院排序是：国王学院（1441年建立）、三一学院（1546年建立）、圣约翰学院（1511年建立），然后是其他学院根据建立的时间排序，从彼得豪斯学院（1284年建立）开始（《剑桥大学管理条例》第二章，第十部分，第十二点）。

学究，尼克·德尼尔，三一学院的讲师及神父。

——尼古拉斯·德尼尔

作为在牛津拿了两个学位的无产者，我勉强参加了一个学位授予仪式，为了让父母享受迟到的喜悦（我是我们家第一个14岁以后还念书的人。因为我没参加第一个学位授予仪式，他们很失望）。我无法忍受在一帮保守派面前磕头和奉承。事实上，我心里涌动着阵阵对保守体制的阶级仇恨，仇恨像我这样的人无法融入的体制。我几乎是煎熬着完成仪式。

我本来以为，这意味着一个垃圾工和一个清洁工的女儿正在谢尔登尼亚剧院（Sheldonian，举办毕业典礼的地方）遭受拉丁语的凌辱，但实际上，可能也没有那么严重。

——E. 朗利

你们很多人学位拿得太容易了！试试看，一边做全职的工作，操持家庭，在许多情形下，还一边抚养孩子，一边拿学位。站在太阳底下的那一刻是宝贵的。穿上来之不易的长袍，不用戴那顶"愚蠢的帽子"（一直以来激烈争论的问题）。学位授予仪式代表着你多年孤军学习的巅峰时刻。千万不要错过了。你周围都是有同样经历的人，他们的掌声和欢呼声响彻耳边。我的学士学位授予仪式是由我们的校长主持的，"我们的贝蒂"，了不起的贝蒂·布思罗伊德。我无论如何都不会错过。

——杰姬

亚历山大大帝是斯拉夫人吗？

2009 年 7 月 3 日

这是我不能理解的事情。在过去的几年里，马其顿共和国（前南斯拉夫马其顿共和国）一直在亚历山大大帝身上投掷重金。马其顿共和国的主要机场现在叫"亚历山大大帝机场"（你可能会觉得比约翰·列侬或是鲍勃·霍伯机场还要好一些）。该国计划在斯科普里（Skopje）中心建造一尊巨大的亚历山大雕像（据说有八层楼高）。街道上的标语写着亚历山大是斯拉夫人。

在我看来，这往好的说是很感人。想一想好像很温馨的样子，这个酗酒的青少年暴徒还有象征的作用，仍然有人想让他成为自己国家的一员。往坏的说有点傻。亚历山大的身世是有一点儿模糊，但是事实上他绝不可能是斯拉夫人。我也知道有些希腊人对此有点儿恼火，他们可能也想要宣称亚历山大是他们国家的人（这个比称其为斯拉夫人好一些，但这也没有确凿的事实依据）。

但是到底是什么说服 300 多名古典学者（其中一些是我的朋友）联名写信给奥巴马总统（抄送克林顿夫人等），请求他亲自介入澄清马其顿共和国对历史的歪曲。

我觉得奥巴马有比这更重要的错误要去纠正。但是假设他有一分钟的时间来看这封信，我相信他也不会被里面那些愤怒的论证说服。

正如他们所指出的，马其顿共和国的领土更严格地讲是古派奥尼亚（Paionia）的，不是马其顿的。（很客观，但那又怎样，我们无法阻止北爱尔兰称其为大不列颠的一部分，尽管它不是古不列颠尼亚的一部分。）信中其他的论证完全靠不住，如果这是一篇本科论文，这些有学问的签名人自己都不会给它打高分。

其中有一个常见的论点即亚历山大的祖先一定是希腊人，因为他们参加了奥林匹克运动会。（实际上，那时候原本就对他们是不是希腊人，因而是否具备足够的参赛资格存在争议。）但是最糟糕的论点是声称"马其顿人将他们的祖先追溯到阿尔戈斯人（Argos）"，所以他们是真正的希腊人，不是现代马其顿共和国人之类的。嗯，当然马其顿人是这样说的。这是一个方便而且能满足自己需求的传说，就如同雅典人声称自己是从雅典的土地里生出来的。

在这样的垃圾信件上签名，我不禁觉得我的朋友们正在曲意迎合自己一直以来反对的那种民族主义。如果你真想反对马其顿人的说法，就一笑了之，不把他们当回事儿，这不是更好吗？

评论

这个帖子的评论比别的都多,大多数都在严厉地痛斥我亲希腊或反希腊,亲马其顿共和国或反马其顿共和国:"我惊讶于剑桥教授能够没有任何证据就宣扬自己的观点","玛丽·比尔德喝了太多乌佐酒,因为她亲希腊的立场相当令人讨厌",等等。而一些人的观点则不同:

如果我没记错,已经明确认定托勒密(Ptolemies)和马其顿的皇室成员实际上是美国人:因为他们侵略了整个中东,并且在地名中有着大量的 Philadelphias、Pellas 等。

通过菲利普在德尔斐(Delphi)的行为就判定其一定是希腊人,这种观点尤其可笑。事实上,因为马其顿当时已经在希腊成为最强大的军事力量,几乎没有其他的希腊人能对此做些什么。此外,菲利普热切地想要在圣殿取得主导地位,这反而恰恰反映出他的希腊身份是可疑的。

那么多杰出的学者愿意给这个垃圾信件签名,这是相当令人担忧的。然而,因为奥巴马总统个人背景结合了肯尼亚、夏威夷、印度尼西亚的元素,而他毫无疑问是个美国人。所以,我想他不会很关注这个"因为发生在公元前4世纪的事"所形成的种族模型。

——理查德

亚历山大的父亲是一条蛇(Plut. Alex. ii,4; Justin xi.11.3; Q.Curt. I)。

——PL

信件落款处的签名令人瞩目，信件内容传递出来的负面情绪却丑态百出，这种对比着实让人震惊不已。这是当代政治学的问题，看起来没有一位签名的人从这个角度处理该问题。他们错误地认为如果自己掌握了亚历山大时期的专业知识，那么他们就有对现代地缘政治武断地发表意见的资格。但问题并不是："亚历山大是斯拉夫人吗？"或者是："古马其顿人是希腊人吗？"而是："现代国家的名字是如何被认可的？"还有哪些国家的名字使用的是另一个国家已经存在的省的名字吗？答案是有的。卢森堡是比利时一个省的名字，同时也是一个独立国家的名字；摩尔多瓦是罗马尼亚的一个地区的名字，同时也是一个邻近的独立共和国的名字。显而易见，没有人会认为一个古老的区域一分为二有什么问题。

——SW. 福斯卡

给地铁的 10 条拉丁引言

2009 年 7 月 5 日

上周有报道称，皮卡迪利线（Piccadilly line）的司机将在地铁广播中增加一些精心挑选的引言，"他人即地狱""美，可以拯救世界"和其他适合通勤之旅的说法。

当然，有鲍里斯·约翰逊（Boris Johnson）当市长，那说烂了的英语中自然应当添入些真正的拉丁语。的确，我发现有数目惊人的拉丁语著名引言出乎意料地适合用在通勤的路途中。以下引言没有按特定顺序排列。

1. perfer et obdura! dolor hic tibi proderit olim——意思是"要有耐心和学会忍受,总有一天这种痛苦会给予回报"。这是奥维德(Ovid)在《爱情三论》中,对他情妇的侮辱所作出的回应,但是非常适合通勤高峰。

2. quousque tandem abutere, Catilina, patientia nostra——意思是"喀提林(Catiline),你还要考验我们的耐心多久"。这是西塞罗第一次反喀提林演说中最著名的第一句话,用来攻击即将发动暴动(或是无辜的傀儡)的喀提林。但是你可以用任何想批评的对象替换喀提林。例如:鲍里斯,你还要考验我们的耐心多久?

3. arma virumque cano——意思是"我歌唱武器和人"(Arms and the man I sing)。维吉尔的《埃涅阿斯纪》第一部中的第一行,也是全部拉丁诗中最著名的一行。当然,维吉尔指的并不是当你在考文特花园和莱斯特广场之间的隧道里乘坐地铁时,那伸向你的男人咸猪手。

4. amantium irae amoris integratio est——意思是"恋人间的争吵是爱情的保鲜剂"(出自罗马喜剧作家泰伦斯的作品《安德洛斯的女人》第555页)。糟糕的一夜过后,这种争吵能让你振作起来。

5. medio tutissimus ibis——意思是"在中间最安全",出自奥维德的《变形记II》,第137页。这本来是给将要驾驶太阳战车给人间带来灾难的法厄同(Phaethon)提出的建议。在这里作为给地铁的建议,可能也再好不过了。

6. audacibus annue coeptis——意思是"赞同大胆地抢占先机"(维吉尔,《农事诗》)。你可以这样翻译:"抢先进入地铁门口,不必担心老人、残疾人或是推婴儿车的女士。"

7. nemo enim fere saltat sobrius, nisi forte insanus——意思是"没有人清醒着跳舞，除非他可能疯了"（西塞罗，《为穆热纳辩护》）。更多关于昨晚的记忆。

8. nil desperandum——意思是"不要对任何事感到绝望"（贺拉斯，《颂歌Ⅰ》）。对通勤高峰的自我安慰，但是很难做到。

9. 更好的可能是 nunc est bibendum——意思是"现在是畅饮的时候了"（贺拉斯，《颂歌Ⅰ》——原书当中是为了庆祝古埃及的女王克丽奥佩特拉之死）。

10. capax imperii nisi imperavisset——意思是"他只有在没有统治的时候才是一个好的统治者"。（或者大致是"他在过去有一个好的未来"。）这是古代罗马最伟大的历史学家塔西佗（Tacitus）谈论在位不久就遇刺的皇帝加尔巴（Galba）。

谈论鲍里斯市长的好未来是不是也在过去还为时尚早！

评论

更多维吉尔的引言：鼓舞人心的"Forsan et haec olim meminisse juvabit"，意思是"这一切也许有一天也会成为美好的回忆"（当船在险峻的海岸触礁沉没后埃涅阿斯鼓励同伴的话）。或者"Hic labor, hic opus est"，意思是"这是要干的活，要完成的工作"（先知西比尔告诉埃涅阿斯：困难的是从冥界活着回来而不是到那里去）。

——PL

对于那些不得不乘坐地铁北线的人，"Nox est perpetua una

dormienda"（Catullus）。这句话的意思是："漫漫长夜，你所能做的是在睡梦中度过。"

——安娜

地铁广播如果明白易懂就已经足够了。我曾经有一次和一位法国人乘坐地铁，他的英语非常好。我告诉他刚刚听到的是匈牙利语的广播，那是伦敦交通致力于打造多元文化的一个例子，这个法国人太容易上当了。

——迈克尔·布利

这句拉丁语怎么样？"cave hiatum"，意思是"小心缝隙"。

——安迪克

"Odi profanum vulgus et arceo"（贺拉斯），我很惊讶竟然没有一个人提这一句，意思是："我痛恨大众，并与他们保持距离。"

——迈克尔·贝内特

为什么拉丁语主题让BBC4台受到人们的关注？

——安东尼·阿尔科克

有一则涂鸦中讲述的旧闻轶事，一场暴风雪致使地铁关闭，波士顿拉丁中学也因此停课。"生病的交通系统。光荣的周一！"

——尼克·纳斯邦

过去的工作推荐信是什么样的?

2009 年 7 月 20 日

任何参加过学术职位面试和选拔的人都知道推荐信有多重要,尤其是对那些刚进职场不久的人来说更是如此。正在面试的候选人很可能没有发表过什么东西,你需要从了解他们的人那里获取其优缺点的可靠支持性评价。

任何最近参加过这项工作的人都知道得到可靠的支持性评价有多难。目前大多数人在推荐信中堆砌着纯粹的溢美之词,(恐怕)有时不靠谱得令人发笑。美国推荐信情况更糟,但是英国也正在快速"迎头赶上"。几年前,在我们学院研究员职位竞聘时,我会在推荐信写作说明中特意强调"纯粹的溢美之词对您的候选人没有帮助"。可是这对屡犯者来说没什么效果。

我经常发誓要给这些推荐人写信问几个简单的问题。"请您比较一下今年被您评价为所教学生中最优秀的 Y 博士和去年被您做出同样评价的 Z 博士。这将有助于委员会弄清楚您眼中哪一个是绝对最优秀的。"

但是我一直没有抽出时间来做这件事。

噢,在清理书房时,我发现了一些 20 多年前剑桥工作招聘的推荐信。

与现代的推荐信相比,它们有更好的地方,也有更糟糕的地方。

因为这些推荐信早已陈旧,一些面试人——更不用说推荐人——已经过世了。所以我认为从中选取一些匿名的引言应该没问题。(即使这样,我还是已经尽可能地进行了改动,以防止被认出来——包括性别。)

首先,比现在更糟的地方是什么?

这很简单:性别歧视。对于求职群体中每一个已婚女性,推荐人感觉一定要说"婚姻幸福",(他们怎么知道?难道在即将离婚的时候我们看起来更糟吗?)丈夫对妻子上班感到非常高兴。一些人甚至谈到照顾孩子的安排,并且暗示我们在面试时肯定会想就此多谈一些。谢天谢地,现在那样是违法的。

但是这些推荐信比现在的推荐信有用得多。推荐人会谈论候选人的不足之处,偶尔还尝试讲一两个笑话。

他们尝试这样指出面试人的缺点:首先是批评。"X喜欢重复,不,应该是相当唠叨。随便选几页她写的文章,我想仅仅是文字修改就能砍掉10%的篇幅。但是X现在已经意识到这一点,目前正在练习按照规则行事。"

或者是这样评价候选人与空缺职位的匹配度:"对于这个职位,他不是我心中的第一人选……尽管他能胜任这个职位。"

或者是这样:"我认为他没多少教学经验,我怀疑他在当老师方面没有什么天赋。我发现他在谈话的时候相当缺乏信心、不愿响应。我认为他值得面试委员会对其进行面试,并建议你们关注他的这一方面。"

或者是这样发出警告:"作为本科生,她倾向沉湎于有点儿古怪的语言学思考。毋庸置疑……这种倾向现在控制得很好。"

接下来,试着这样称赞:"有些相当挑剔的学者认为他的能力还没有达到理想的标准,但即使是在与这样的学者的谈话中,我也从来没有怀疑过他胜人一筹。"

或者是这样："我觉得他如果能在面试时再花哨一些，他现在早就得到某份工作了。"

这个支持性评价怎么样，还不行："她有时一下子有很多想法，以至于她不确定先谈论哪一个……我相信如果她申请研究职位的话很快就能成功。但是我觉得她在事业发展这个阶段选择当老师不太合适。"

没错，你可能会说这些都是陈旧的学校偏见，或者是未经证实的断言，或者是推荐人自我推销的小聪明。但是与你现在所发现的那些赞美"裁缝"相比，过去的推荐信既有趣又有用。

评论

在20世纪80年代，牛津大学现代史的一位齐切利讲座教授为我在美国求职的朋友手写了一封推荐信。全文如下："他是一个不错的人（sound man）。"推荐信没有带来任何面试的机会。这位讲座教授对我朋友工作的赞美真是恰如其分啊。

遗憾的是玛丽认为在这些故事中匿名是一种美德。

——Q.H. 弗拉克

"他是一个与声音有关的人（sound 具有歧义）。"也许美国人以为"他"在录音室工作。

——安东尼·阿尔科克

玛丽，我突然想到，你事实上在违反《数据保护法案》。候选人的相关信息只能在招聘后保存适当的时间，但是这么多年了你还留着呢。

这里是学究天堂。

——珍妮

珍妮。真是这样吗？要知道这些文件没有电子版，所以现在不是并且过去也不是法案条款中所谓的"数据"？！假设它们真是"数据"，那么我将视其为质疑该法案（或者是它实施的方式）的又一理由。

——玛丽·比尔德

数据不一定是电子形式。它可能是定义为数据的"相关文档系统"的一部分，"以此方式，可以很容易地访问特定个人的具体信息"。学究天堂，正如珍妮所说！但是据我所知，保留数据不违法，只要"数据主体"可以对其访问。

——SW.福斯卡

关于数据保护，我做的没问题。它们被保存在手提袋里一个旧盒子底部，当时我一定是带着这个手提袋往返于候选人员筛选会议，因此不能真正算是"相关文档系统"！

这些推荐信正面临着损毁。但是哪里是适合这些历史性文件学术存档的地点呢？

——玛丽·比尔德

史蒂文·平克（Steven Pinker）建议完美的负面推荐信应该是这样："X非常守时，而且有一位迷人的妻子。"

——CSRSTER

谁说英国的大学安于现状？

2009 年 8 月 3 日

今天几乎英国所有的报纸都对各大学的缺点进行了报道。据说一项议会调查给英国大学加上了安于现状的污名，但是他们不愿意解释他们的标准也不愿意接受外界的监督，他们也不能合理解释这样的事实：（例如）一流大学比例在过去的大约 10 年里显著上升。

和往常一样，如果你真正去看一下引出这个结果的原始报告（不仅仅是媒体报道），就会发现情况完全不同。这一次，有比报纸报道更好的地方也有更糟糕的地方。

更好的地方？哦，下议院中的创新工程、大学和科学技术委员会给出的《学生与大学》的报告对政府作出一些严厉的批评。它批评政府在没有提供额外资金的情况下就增加招生名额。它质疑过分强调科研成果（英国高等教育科研评估的硬性规定）的必要性。它还建议政府在简单粗暴地向大学问责（对抱负志向、社会流动等任何问题的标准回答）前认真审视一下中学教育。到目前为止，一切看起来还不错。

但是小号字体部分就是比报道中更糟糕的地方。

当我读这份文件时，我问自己这个委员会过去 20 年都在哪儿。他们提出一系列建议，鼓励大学和中学之间更多的合作，以此"推进高等教育扩招"。

绝对没错。但是难道他们不知道我所在的大学已经这样做了？事实上，我现在包里就骄傲地装着一封来自一位退休教师的信。他在私立和公立中学都工作过。信中，他感谢在过去的

30年里剑桥大学教职人员给予他们的辛苦付出与投入。

同样,多年来我们招生时一直都考虑"学生曾经学习生活的环境"因素,这在他们看来也是激进和不可思议的事。

然后是他们另一项愚蠢论断:与欧洲和美国大学的学生学习状况相比我们的学生有多么糟糕。根据该报告,我们学生的学习时间(包括图书馆时间)少于欧洲其他国家学生的学习时间。我们的学生每周的学习时间是30个小时,而美国学生宣称他们每周的学习时间是60个小时,我们只是人家的一半。就这一点而言,任何一个在美国和欧洲大学教过书的人一定会说他们不应这样类比。

所以"他们"是谁?他们怎么进行比较的?关于剑桥大学的详细调查数据在哪?

"他们"是"创新工程、大学和科学技术"议会委员会,由13人构成(11男,2女)。为了完成这份报告,他们9次碰面去听取"证据",7次在伦敦,另外还有2次分别在利物浦和牛津。他们还去了一次华盛顿了解美国的大学。这恰好解释了他们为什么不能理解我置身的这种大学氛围。他们一次也没来过剑桥,也没有听到来自剑桥学生或是在职教师的口头证据。(也许我们应该写信提供这些数据,但是我们没有,可能是因为我们"太忙"。)他们的特别顾问都是高等教育的研究者(而非普通的实践者)。

他们可以用来进行比较的材料,唯一来源是书面数据或是他们那一次华盛顿之行。委员会中只有一位(戈登·马斯登)有在美国大学工作或学习的经历。完全没有人有在欧洲大学的任何经历。我两种经历都有。在我看来(无论目前英国的体系遇到什么困难），认为其他国家的本科生学习状况比我们更好绝对是荒谬的。

如果你对英国可靠的标准表示担心，看看美国吧。在那里，每一门课程的分数通常由任课教师给出，而不关其他任何老师任何事情。当这些人批评我们的体系时，批评我们的双阅卷员制度和校外评核制度，他们没有意识到这一点吗？当他们批评英国大学这一方面时，难道没有意识到在美国的精英大学里有多少教学是由研究生来完成的？

另一方面，当剑桥保持沉默的时候，其他大学却抓住机会让委员会深入了解了他们的观点。该报告中多次提到利兹大学校长迈克尔·阿瑟（Michael Arthur）的名字，他因为"创新"而受到表扬，其实这种"创新"在剑桥（至少在我们学院）多年前就已经存在，再普通不过。这就是针对非传统背景的学生因材施教。大概他写信给委员会时表达得过于卖力，所以没有人真正知道他的创新算不算创新。

他们总是不去核实他表达的精确性。他声称委员会中 9 位成员是"罗素大学集团"所属大学的毕业生。我只数出来 7 位。但是我注意到 13 位成员中只有 2 位读的是文科（除非罗伯·威尔逊也是，我没查到他的学位）。难道他们报告的意义是想推动自然科学的发展吗？

我不介意一组议员对高等教育的突袭。实际上，他们这样做我相当高兴。我介意的是这个国家其他人以为这份报告是经过充分研究且站得住脚的。事实上，这正是我要提醒我的学生防备的东西。

评论

玛丽·比尔德在这一点上是相当错误的。

虽然剑桥和其他一两所大学对于整个英国和欧洲其他的大学来说可能是例外，但是我在大西洋两岸的经历确实使我看到美国学生的作业量是英国学生的两倍。即使拿作业量大些的大学如剑桥与美国大学如哈佛相比，美国大学生的作业量——阅读、写作和讨论等——总体也要比剑桥大学生的作业量大很多。

玛丽·比尔德也注意到在美国体系中（在许多情况下），"每一门课程的分数通常由任课教师给出，而不关其他任何老师任何事情"。然而，事实却是执行双阅卷员和校外评核制度的负担与学生从中得到的收获极其不成正比。在许多英国风格的大学里，数周的时间都被花费在这些程序上面。是的，更好的办法就是让任课教师打分，了结这件事。

——奥托

奥托，美国学生比英国学生勤奋两倍，我发现这让我有点儿难以置信。首先，作为一名英国学生，我在校期间大概一天学习7个小时。现在，我是一名历史系的学生，因此比我的一些理科朋友作业量小很多。他们在实验室朝九晚五，晚上还要完成导师留的习题。假定我这些朋友工作日每天学习10个小时，周末7个小时。那么我的问题是：美国学生到底有什么样的生理特异功能，每天睡觉和吃饭的时间只有4个小时，还能生存下来？

——乔希

我认为学习负荷与学生的学习质量不相关。你不能说莫扎特是因为每天工作很多个小时才成为好的作曲家。成为好的作曲家是因为他是莫扎特。无论对学生提出什么样的要求，必须通过其产生的效果来对大学进行评判，而不是通过要求本身，例如课时量等。

——迈克尔·布利

关于高级水平课程考试，你不应该相信的10点

2009年8月20日

又到了高级水平课程考试的时候，每个人都感觉有权利对国内年轻人的状态以及教育的得失等发表意见，也包括我。

这是我认为不要去相信的前10点：

1. 高级水平课程考试越来越简单。

不是，没有。它们和过去不一样了，我个人非常看重的一些技能（例如"开放式"论文写作）已经不再测试。但是需要付出的辛苦和以前一样。

2. 有更多的学生获得A等成绩是因为现在教得更好。

不，我不是说没有教得更好。（我真的不知道。）但是我强烈地怀疑更多学生得到A等成绩是因为现在高级水平课程考试有更清晰的评价标准，这样学生就能更容易为之努力（与"开放式"论文相反）。

3. 有更多的学生获得A等成绩是因为他们更聪明。

不是，请参考第2点。但是我真的这样认为，他们更加努力了，部分原因是：评价标准越清晰，学生也就越容易为之努力。（我个人认为这对以后来说是一种糟糕的训练，但这是我们要说的另外一回事了。）

4. 有些高级水平课程考试科目比其他的考试简单。

哦，这也对也不对。如果某个人拉丁语、数学和高等数学获得A等……而不是（例如）传媒学、健康与社会保健和体育研究（尽管我可能是错的），我会倾向于对其将来的学术成就给予更高的评价。但是没那么简单。高等数学获得A等的学生传媒学成绩可能不可救药。

5. 最聪明的孩子是那些设法在高级水平课程考试六七门科目中都拿到A的。

不可能。这是将高级水平课程考试当成集邮。没有人需要超过4个科目的学习。如果他们有剩余时间，最好理性地读读小说，看看电影……和长大。

6. 许多弱势公立学校在预测时倾向于低估学生的高级水平课程考试成绩，最好的大学应该对此予以重视。

据报道，至少"中学和大学领导人协会"主席约翰·邓福特（John Dunford）这样说过。但这种说法不对，或者只是说对了一部分。如果他能让他的协会在提高中学水平方面做点什么来纠正问题，那将会更有意义。

7. 如果我们重新引入老式论文写作测验，问题就能得到解决。

不完全对。阅卷人决定了测验的好坏。新式的有"清晰标准"的测试能够由相对缺乏经验的人来打分（这是它们被发明出来的部分原因）。过去你出题的风格可能是更多开放式的主观题，因为你有相对较少的考生和一批有经验的阅卷人。现在你上哪儿找到足够多有经验的阅卷人？

8. 国际中学毕业会考（The International Baccalaureate）比高级水平课程考试好得多。

不是。这山望着那山高。但是当我们接受的是国际中学毕业会考时，你又会有同样多的抱怨。萝卜青菜各有所爱。没有快速解决的办法。

9. 如果更多的孩子参加高级水平课程考试中科学和数学这两科的考试，对国家的发展更有好处（教育部门官员伊恩·赖特这样说过）。

不是，不一定。只有在他们愿意，或者是他们天赋所在的时候，才会这样。从长远来看（我怀疑甚至从短期来看），让孩子们接受不同学科的良好教育对国家的成功和经济是有好处的。强迫他们学习科学只会培养出不情愿的和坏的科学家。

10. 天才在异常小的年纪就应该通过高级水平课程考试。（我确信今年有一对8岁的双胞胎在高数中得到了B和C。）

不，不，不。也许他们是聪明的，但是他们承受这个考试的原因是他们的父母有着异常的上进心。

评论

整个评分体系本身看起来存在很大的问题。然而，如果没有它，我们又该何去何从？就像是异性，既受不了，又离不开。唯一不同的是我们不会和评分系统谈恋爱。

————PL

我不同意这一切。很明显，清晰的标准是必要的，而非华而不实的东西。不停地发传真、发传真、发传真，然后食指自然变得又粗又短。

"老师"是这个系统中出苦力的人，他们是靠蛮力挖煤的人。而让整个采煤过程具有价值的却是负责分类的人、提炼的人和拥有矿坑的人。这些人让煤成为各个生产部门有用的原料，从而生产出我们需要的东西。

所有像"开放式的"这种吹嘘以及像"完人"这样的谎言，都恰好证明了"哪里有金钱，哪里就有肮脏的交易"。

——XJY

关于高级水平课程考试可以相信的一点是：私立学校 50% 参加高级水平课程考试的学生得到 A，而公立综合学校只有 20%。然而，玛丽相信剑桥对此不需要做任何事情。

——斯泰特

斯泰特，纠正公立学校体系中的错误不是剑桥的工作。如果他们这样想当然，并听之任之，就没有改进的动力。我的孙子孙女们就在公立学校读书，我只是希望各方能区分开"平等"和"机会的平等"，不要让我们都去做分母。结果是必须有个人出来收拾残局，教这些 18 岁的孩子们本应在高级水平课程阶段就掌握的基本技能。

——杰姬

和学生发生性关系？
特伦斯·基莱像尤维纳利斯一样被误解了吗？

2009 年 9 月 24 日

数周前，我收到一位在《泰晤士高等教育》(Times Higher Education)工作的朋友发来的邮件，问我是否能为他们即将刊登的专题报道《学术界七宗致命的罪》贡献 500 字。

我是动了心的，但是我感兴趣的罪（尤其是服装上的不雅和拖沓）都已经被人选走了，所以我没接这个活儿。当上周文章真正刊登出来时，我几乎没有时间看一眼，除了看到多才多艺的西蒙·布莱克波恩（Simon Blackburn）卑劣地攻击 19 世纪古典学安于现状——他可能会对这篇文章了解得更多一些。

直到我收到《伦敦晚报》(Evening Standard)的一个人发来的邮件，我才意识到特伦斯·基莱关于"性欲"的文章引起了轩然大波。邮件中问我是否愿意对此评价一下，很大程度上是因为我曾经也因为讨论大学老师与学生之间的性问题而引发争议。所以我读了这篇文章。

开头是这样写的："克拉克·克尔（Clark Kerr），加州大学的校长（1958—1967 年），过去常常把自己的工作描述成，为学生提供性，为老师提供车位，为校友提供橄榄球。但是当自然规律被本该去停车却跑到学生卧室的老师打破的时候，会怎么样？……为什么在大学里违反戒律的性行为激增？……问题出在女性身上。"

他继续写道："学生和她的情人老师之间的恋情体现了权力的滥用，这是错误的认识。什么权力？多亏了高等教育质量保证机构实施的问责制，学者为了晋升可以进行性交易的日子一去不复返了。"接下来他承认："正常的女孩不会选择她们的老师而是寻求同龄人的陪伴，但是虽然如此，大多数男老师知道一直以来班上都会有浑身闪着崇拜之光的女孩。怎么办？享用她！她是特殊待遇。她还不知道你只是多萝西娅的卡苏朋先生……她将向你炫耀她的曲线。你白天应该尽情欣赏，以此激发晚上和妻子做爱的欲望。"

我马上明白这是"反讽"。所以我回复了以下内容：

"我读了基莱的文章，认为是邪恶的反讽，但是不可否认的是，这种反讽当然是无礼的、发人深省的，好像他所反讽的观点要在他自己的身上应验……这是问题所在……如果你需要一个古老的先例，试试尤维纳利斯。"

接下来我在网上搜索了基莱，找到了各种充满愤怒的讯息，如他是白金汉大学校长，他将与学生的性关系视作学术职业的"特殊待遇"。《邮报》甚至设法把我以前写的一篇谈"教育的色情因素"的文章拖入到这场争论之中。

再反复细读基莱的文章，我确定无疑，他的目标是找到避免女学生受到露骨性剥削的方法，而表达方式采用的是不能登大雅之堂的更衣室风格式的反讽。大家注意了，没有校长（甚至白金汉大学校长也没有）称女生为"特殊待遇"，除非是反讽（攻击目标精确地锁定在那些假设上）。真是这样。

然而可怕的经历不仅仅是看此事的新闻报道，还有《泰晤士高等教育》官网上的评论。（其中一些大概是学者写的，却表现出根本没有阅读或者理解反讽的能力，可能他们都是计算机科学家，但是我对此相当怀疑。）公平地讲，有一些人为幽默和反讽作辩护。但是不多。

"令人震惊的是,《泰晤士高等教育》居然允许针对女大学生如此强烈的攻击性评论出现在其刊物上。"网友"大吃一惊的人"这样说。

"任何认为教室里的女生是老师专属视觉享受目标的人都应该出局(请)。"网友"sg"这样认为。

"最令人震惊的是他对妻子的不尊重。"网友"科勒曼"补充道。

"老人的气味就像一只被尿浸透的拖鞋。"网友"戴夫"讥讽地说。

上帝帮帮这些人(还有其他那些和他们一样的人)所教的学生吧。我更愿意让基莱来教我。

问题当然在于(尽管人们很难观察到这一点),修正反讽的"意识形态"这个顽疾。当罗马人尤维纳利斯对他所生活的 1 世纪末或 2 世纪初罗马人的不道德表示愤慨时,他像表面看上去那样是一个保守的厌恶女性者,还是他展示那些观点是为了达到反讽的效果?尤维纳利斯几乎可以确定是后者。

同样的,20 世纪 60 年代以喜剧的形式展现反英雄主义的阿尔弗·甘乃特(Alf Garnett)也是如此。他对种族主义是在嘲弄,还是在纵容?

正如可怜的基莱所发现的,使用反讽方法带来的麻烦是,有文学头脑的人都不容易理解它。很多情况下,反讽作家都被无意中认为支持自己所攻击的观点。

(因此,愤世嫉俗的人可能会掉入双重陷阱——但是我没有。)

评论

  阿尔弗·甘乃特是一个很好的例子。几年前，我听到一群人在轻松的谈话式电视娱乐节目中强调说，如果现在哪档喜剧节目里能有一个像阿尔弗·甘乃特那样表达观点的人，真是难以想象。这让我很震惊。也许他们担心现代观众不能理解那是反讽。如果是这样，那是对现代人理解力的悲观看法。但是，事实上，我隐约有一种感觉就是他们自己没有理解那是反讽。你的身体需要补铁的药剂，但是你也需要反讽。

——迈克尔·布利

  作为一名对历史和古典著作感兴趣、能读写拉丁文甚至还读过你写的几本书的计算机科学家，我能问一问为什么无缘无故地批评我们？

  根据我的经验，呆板的计算机科学家和无所不知的古典学者的流行形象只是个传说。大多数计算机科学家都是狂热的历史和古典学迷，他们把追求这些作为兴趣，而把使用信息技术作为工作。另一方面，大多数古典学者却只了解自己的领域，对其他知之甚少，他们的信息技术能力仅限于在亚马逊网站买书和使用文字编辑软件（Word）写论文。

——泰勒

  当大学校长的一个遗憾，就是当你的老师们正色眯眯地盯着学生看时，你不能作反讽性评论。谁在乎它是不是反讽？

——露西

公众舆论里修辞方法使用的第一条规则：不能用反讽！！！

汤姆·勒尔（Tom Lehrer）说得没错："当亨利·基辛格（Henry Kissinger）获得诺贝尔奖的时候，政治反讽变得过时了。"

——XJY

反讽从来不缺乏道德的潜流，它常常是具有启发性的。再举一个类似的例子。马修·帕里斯（Matthew Parris）在18个月前给《泰晤士报》写的一篇文章中这样说："让我们把骑自行车的人斩首吧，这些穿着莱卡的人太差劲了，哈哈哈。"对此抱怨的骑自行车的人被嘲笑缺乏幽默感等。但是在现实世界中，如果真的有人拿着钢丝站在自行车道上准备勒死这些骑自行车的人，并且认为这很有趣，那么我认为帕里斯的文章便可以被法律教材的作者当成真实案例列举出来。其反讽意图不能为其结果辩护。难道不是同样的逻辑在起作用吗？

——SW. 福斯卡

修正反讽及其表达的"意识形态"的确很难：这也是为什么像白金汉大学校长这样的人采用"防御性反讽"作为争取鱼与熊掌兼得的原因之一。他们希望找到一种方法在享受他们"违规的"表达时还能摆脱干系。如果做得好，人们则会认为是机智诙谐有趣。但是，正如戴夫在这起事件中所观察到的，如果做得不好，作者（或说话人）看起来像一个白痴。

我最后一个词使用了反讽，当然……

——理查德

嗯，没有关于男生和女老师，或是同性关系的。通过研究这些关系，某人能拿到一个博士学位呢。但是可能最实际的解决办法是高等教育质量保障局（QAA）等部门，为师生关系设计出一套合适的规范，开启一个正式的管理计划，具有明确的目标和外部的监督，以确保机构内部和机构之间的关系的一致性。（如果真的发生了，最早你是在这儿读到的。）

——理查德·巴伦

《波特诺的怨诉》配得上"布克奖"吗？

2009 年 10 月 18 日

我还是个青少年的时候，曾经把菲利普·罗斯（Philip Roth）的《波特诺的怨诉》（*Portnoy's Complaint*）装进书包带到了学校，并希望被某位一本正经的老师发现，从而引发关于言论和性表达自由的争论（同时也展示了我是多么时髦）。我记得，母亲是从当地的图书馆借来的这本书，应该是和我有类似——也可能是大人们——的理由。

除了用一块肝脏作为道具进行自慰的描写之外，它没给我留下太深的印象。我想其他读者大概也是如此。

几周前我又重读了这本书，而读书体验很不愉快。全书200多页全部都是重复的独白，伴随着男性典型的性幻想，沉迷于自慰的快感和内疚中（或者是与受剥削的女性发生的剥削性关系，或者如果没有性爱，就会便秘以及出现巴赫汀所说的"肉体低下部位"的其他症状），意义何在？我并不感到震惊。事实上，用肝脏做道具的部分没什么大不了的，用去了核的苹果来做同样的事情也没什么新鲜的。真正让人恼火的是这本书纯粹的自我放纵。

一个可怕的想法一度出现在我的脑海，以为这真是男人们一直以来思考的东西，这是对"男人是什么样的"真实的揭露。如果真是这样，我觉得还是不知道为好。

让我受到这种文学作品折磨的原因是，我同意当切尔滕纳姆文学节布克奖项的评委——重温在1969年出版的小说，颁发一个怀旧的布克奖。事实上，1969年出版的小说可以参与1970年的（第二届）布克奖的评奖。当时获奖的是伯妮丝·鲁本斯（Bernice Rubens）的《获选成员》（The Elected Member）。但是现在在我们是从以下作品中挑选：《波特诺的怨诉》——由约翰·沃尔什（John Walsh）提名、格雷厄姆·格林（Graham Greene）的《跟我的姑妈去旅行》（Travels with my Aunt）——由凯特·艾蒂（Kate Adie）提名、玛格丽特·阿特伍德（Margaret Atwood）的《可以吃的女人》（The Edible Woman）——由艾瑞卡·华格纳（Erica Wagner）提名和约翰·福尔斯（John Fowles）的《法国中尉的女人》（French Lieutenant's Woman）——由我提名。这些作品都没有参评过当初的布克奖。《波特诺的怨诉》当时没有资格，因为罗斯是美国人。格林拒绝参与。阿特伍德那本1969年只在加拿大出版了，所以没赶上提名。而福尔斯名声还不够响。民间的说法是，那届布克奖完全被瑞贝卡·韦斯特（Rebecca West）给毁了，她当时是评委之一。

所以谁获得了40年后的大奖？

首先被淘汰的是《可以吃的女人》。艾瑞卡基本上是先把自己踢出了局。她在开场白中说，她认为这是一本好书，但不如《波特诺的怨诉》那么好。这是阿特伍德的第一部小说，边边角角还很粗糙。（例如，有一个非常荒唐的情节，女主角被卡在床下。这是她厌食症症状出现之前的表现，与她被未婚夫吃掉的感觉相呼应。）

这就使罗斯得到两票，福尔斯和格林各一票。凯特为《跟我的姑妈去旅行》奋勇战斗，认为这本书中传递着对生活的肯定。不过，再读这本小说，我发现格林的天主教信仰使该书渗入了我不想要的部分，种族主义让人不舒服，而且有太多对自己其他小说刻意参照（和模仿）的影子。

我认定《法国中尉的女人》不错。我是被管理人员指派了这本书，而不是自己选择的。我第一次读它的时候还是一个情绪化的青少年（那个试图用《波特诺的怨诉》让老师生气的人的另一面……把这本装进书包没有问题），当时觉得很好，现在我很担心读起来感觉可能没有原来那么好，甚至连一半都不如。事实上，感觉比原来还要好。在我看来，福尔斯已经完成了几乎不可能完成的壮举，从根本上反映了我们与维多利亚时代接触的本质以及小说家任务的本质，同时还讲述了一个精彩的故事。

然而，由于凯特和我都不愿意让步，《波特诺的怨诉》意外捡漏获胜。

但是这本书并不是观众们热衷的选择。在我看来，他们认为《波特诺的怨诉》（举手表决）与《法国中尉的女人》的水平相当。在观众看来，这场 PK 中胜出的很可能是凯特的那本书，因为在最后排名的时候它从支持《法国中尉的女人》的观众那里拉走了不少选票。（该死的！我是怎么"做到"失去选票的？我想，学术界太血腥了。）

评论

我赞同萨默塞特·毛姆（Somerset Maugham）的说法，他说对待他那个时代"当红书籍"的方法不是将这些书读个至少三四年。他说，随着时光的流逝，令人惊诧的是，有多少"必读书"变成了"不必读"。

——安娜

都是关于性的描写不一定会让你的作品陷入困境——《你的妈妈也一样》（*Y Tu Mamá También*）做到了。（但这很难。）疯狂的独白可以是杰作——哈姆森的《饥饿》（*Hunger*）。而厌女症也可以很迷人——《克勒采奏鸣曲》（*The Kreutzer Sonata*）。但是罗斯却不在此列。（它应得的评价：我在翻页的时候没遇到任何困难。《波特诺的怨诉》很容易读完。）

——加布里埃尔·格鲁德-波尼

比尔德教授，你完全误解了《波特诺的怨诉》。这与自慰无关。相反，它是对大约 20 世纪 60 年代的犹太民族男性身份认同的一种尖锐审视。任何一个在美国移民家庭长大的人，都把他的整个人生故事蚀刻在那本书的书页上：挥之不去的自卑感、来自缺乏安全感的父母的令人窒息的拥抱、旧世界的道德与新世界的性愉悦之间的矛盾、因为不了解主流文化而在日常生活中受到的羞辱。

——ORS

书名是有歧义吗？波特诺抱怨/波特诺生病了（译者注：原书名中的 complaint 一词既有"抱怨"的意思，也有"疾病"的意思）？

——安东尼·阿尔科克

我忍不住赞扬我的同行托马斯·拉科尔（Thomas Laqueur）写的《孤独的性：自慰文化史》(Solitary Sex:A Cultural History of Masturbation, ZONE 图书出版社, 2003)，它正确地将人们对自慰的关注与 18 世纪信用媒介论的发展联系起来。而 DH. 劳伦斯（我不喜欢引用他的话，虽然他曾写过一首诗来反对诺丁汉大学及其赞助人布特先生）认为自慰定义了中产阶级。

——Q.H. 弗拉克

Pedicabo ego vos et irrumabo：卡图卢斯滔滔不绝地谈什么？

2009 年 11 月 25 日

幸运的卡图卢斯。他在过去 24 小时里的知名度超过了过去 24 年。一群从未读过这位公元前 1 世纪诗人任何作品的记者们正在思考（通常是在维基的帮助下）"pedicabo ego vos et irrumabo"的真正意思是什么。

因为这是城市里的大人物马克·劳（Mark Lowe）写给一位年轻女性的电子邮件中的话。这位女性之前向他询问拉丁语"diligite inimicos vestros"的意思。

它的意思很简单（尽管很多家庭报纸刊登这句话的译文时都使用好几个破折号和星号，以期进行委婉的表达）："我要与你肛交和口交。"

马克·劳的辩词是卡图卢斯很聪明。一些记者部分支持他的立场，认为这是对那位女士让其翻译那句拉丁语的一种强有力反击。那位女士问的那句话出自圣马修（St Matthew），意思是"爱你的敌人"。不，卡图卢斯说，鸡奸他们。

如果有人真的读过（并思考过）原版完整的诗——因为这个带有冒犯性的语句是卡图卢斯诗歌集中第 16 首诗的第一行和最后一行——那么他们会看到一个更好笑的笑话和更好的辩词。

这首诗体现了一个古老的难题：你能从他所写的东西中推断出一个人的性格或行为吗？诗中，卡图卢斯嘲骂了弗里斯（Furius）和奥勒里斯（Aurelius）（"怪人"和"同性恋者"），这两个人因为卡图卢斯写过一首关于吻的诗，就说他可能有点女人气。

我们的诗人说，完全不是这样的。你不能从诗句中推断出一个人的性格。而"pedicabo ego vos et irrumabo"却是用来表明你可以。但搞笑的是（或者是这首复杂的小诗里的一个笑话）——如果你不能从他关于接吻的诗句中推断出他是女人气的，那么你也不能从他具有威胁性的暴力性侵的诗中推断出他真的能那样做。

明白了吗？

这对劳先生来说是一个更好的辩词。大学生的第一条规则：总是要查看引用的出处！

评论

正如 JN. 阿达姆斯在《拉丁性词汇学》(*The Latin Sexual Vocabulary*)——或许被称为他的开创性著作——中所写的那样，卡图卢斯所写的"pedicabo ego vos et irrumabo"这个语句真是命运多舛，其实这并不是他本人真正的意图，只是言语上的攻击而已，具有弦外之音。我们应该把言语攻击作为威胁吗？我不这么认为。与"pedicabo"对应的英语中的言语攻击词是"鸡奸"(Bugger you!)，但是如果你说这个词，并不意味着你威胁鸡奸另一个人。这是当然的，因为一个女人也可以说这个词，虽然她的生理结构不具备这个功能。

——迈克尔·布利

我认为现代英语可能不想把格调降得太低，最终为"口交"(irrumare)提供了一个相当准确的翻译："在脸部性交。"(to face-fuck)当然我是在酒吧里无意中听到的，只是这个词，不是过程。

——汤姆

哦，我的天，我真是孤陋寡闻！

——柯丝蒂·米尔斯

"屁股—靠近—脸"，这可能是更加贴切的字眼。

——SW. 福斯卡

我很有感触。马克·劳迅速采取了行动，不仅让人们对卡图卢斯所写语句的翻译进行了激烈的讨论,还把人们的注意力转移到了这种灭绝语言的身上。他在日常生活中使用拉丁语,不愿提供翻译,自认为自己会被完全理解。他一定是我们学生的灵感来源,也是古典学者的一个闪光的榜样。因此,我在想我们是否应该集体给他写一封贺信,感谢他的贡献。

——康斯坦丁娜·卡特萨利

我刚刚想起了另一个涉及卡图卢斯第 16 首诗的争论,而且现在我已经查找了相关出处。伦敦考试委员会(The London Examination Board)为 1989 年夏天的高级水平课程考试预先指定选取了一组卡图卢斯诗集中的诗歌,包括第 15、16 和 25 首诗。然而,在 1989 年 3 月,委员会以从未披露过的反对意见为依据,宣布在文学考试中不会依据这 3 首诗出任何题目。一个悲伤的日子。

——迈克尔·布利

罗塞塔石碑应该回归……哪里?

2009 年 12 月 11 日

在大英博物馆最畅销的明信片是什么?

我上次询问这个问题是十多年前的事,得到的答案是那永远的"第一"——印有相当沉闷的罗塞塔石碑图像的明信片。当年它比主要竞争对手多卖出了几千张。如果你感兴趣的话,明信片的主要竞争对手是:印有各种博物馆本身景象的明信片、印有（也是埃及的）青铜器"格尔安德森的猫（Gayer Anderson cat）"的明信片（有时还印上一只真的斑猫）和印有贝阿特克斯波特（Beatrix Potter）的"佛洛普西小兔（Flopsy Bunnies）"原作的明信片。

毫无疑问，罗塞塔石碑是大英博物馆的主要标志，事实上，印有它的明信片如此畅销并不奇怪，它还被印在最畅销的雨伞、羽绒被和鼠标垫过（还记得它们吗？），据说在日本尤其受欢迎。

我曾经对这一切感到非常困惑。毕竟，这就是一块呆板的黑色玄武岩，雕刻于公元前2世纪初，记录了埃及的希腊籍国王和一群埃及祭司之间的协议，其中包括对这些祭司的税收减免。它是19世纪早期从法国人手里缴获的，作为战利品来到了伦敦。

所以为什么它那么有魅力？

大概是因为这是破译埃及象形文字的关键，因为铭文用3种语言记录而成，包括圣体象形文字、希腊文以及世俗体。至于到底是托马斯·杨（英国人）还是商博良（法国人）完成了主要的破译工作，这在某种程度上取决于你的民族偏见。

现在，扎西·哈瓦斯（Zahi Hawass，埃及古文物最高委员会的秘书长）再一次希望它"回归"？他有道理吗？

在我看来，没有，根本没有。我这里说的不仅仅是大英博物馆声称是世界文化中心，因而象征性地（至少）归全世界所有这种说法。（目前的馆长在这个说法上表达得非常流利和令人信服。）在埃及这个问题上，我发现自己比平时更具沙文主义色彩。

首先，老实说，如果这个无聊的玄武岩变成了一个象征，那是因为一个英国人或者一个法国人在破解语言上所做的工作。它并不是天生的象征，它能成为象征是因为那许多艰苦的学术研究（如果我们想说服 HEFCE——"英国高等教育资助委员会"，还得加上有巨大的"影响"）。而那时，埃及这个国家还不存在，"埃及人"与文字的破译没有任何关系。这很可悲，但是却是真实的。

如果它应该回归到一个地方，那也应该是法国（我很清楚，抛开民族偏见，商博良是这里的关键人物）。

但更重要的是，我发现自己对扎西·哈瓦斯越来越反感。他可能曾经是一位优秀的考古学家，但他现在已经成为媒体上一个民族主义的表演者（全部都是关于古埃及古墓葬的疯狂理论，还有签书会，一个电视摄制组总是跟随在他身后）。他似乎有一张清单，上面列出了一些他想要"召回"埃及的象征性文物，就好像它们当初是被偷走的一样。

我记得几年前，他在《今日》节目中与霍华德·卡特（图坦卡蒙的发掘者）的某位女性后代进行了讨论。他满腹牢骚地抱怨英国人是如何把所有的东西都偷盗了，这时那位女性继承人礼貌地指出，实际上整个图坦卡蒙的宝藏都被留在了埃及（那时确实在埃及）。

今天，你可以去埃及的古文物服务中心参观他的领地。这真的是很神奇的东西，竟没有人建议移除它。但是在开罗令人惊叹的埃及博物馆里，很多文物处于一种特别可怕的保存状态。（看看那里的法厄姆肖像画。）现在的真相是，在全球文化中，为了未来的几个世纪，我们都应该花钱为所有人保留这些物件。但是前提是哈瓦斯必须停止借用媒体轰动来要求归还"罗塞塔石碑",并开始重视那些正在他手中毁坏的让人惊叹的文物。

评论

我在1971年夏天访问英国时,最精彩的时光是在大英博物馆度过的,在我心目中,罗塞塔石碑仅次于埃尔金大理石雕。

那时我是一个刚毕业的古典学专业的学生,刚刚去过意大利和希腊,我又一次站在了这个我小学就读到过的文物面前。在我找到它的时候,周围没有其他人。那时候它不是封闭的,所以我再三检查以确保我是一个人,然后伸手去摸它。我的指尖触碰着象形文字、通俗文字和希腊文,然后大声地读起希腊文,只是给我自己读。

几天后我回到了美国,对那段记忆很满意。

——AL. 施拉夫

我们乡村教堂的院子里有一块沙森石。没有人知道它的起源,但我们都准备好了,只要有人突然冒出来要求归还它,我们会同意的。我说,把巨石阵(Stonehenge)还给威尔士。

——安娜

哈瓦斯是个令人讨厌的傻瓜。

但是,这并不能改变一个事实,那就是比尔德教授在这里提出了一个经典的东方主义论点:"我们对你们的文化进行了解读并赋予了意义,因此我们保留按需占有的权利。"

如果你真的认为石头应该待在这里(我也这么认为),你真的需要提供一个更好的理由。

——ORS

对于那些想要真正接近罗塞塔石碑的人来说，在商博良的家乡菲雅克（Figeac），有一座迷人的博物馆。在博物馆后面，有一个小广场，完全被一个巨大的罗塞塔石碑复制品覆盖着，你可以在上面到处跑。它非常有趣，毫无疑问，它的大小似乎够容纳整个埃及的埃及古物学系和摄影团队。

——萨拜因

第 2 编

2010 年

在大学里削减什么？

2010 年 1 月 13 日

我今天早上 8 : 15 开始工作，当时罗素大学集团的主席迈克尔·阿瑟（Michael Arthur）正在参加《今日》节目，抱怨政府削减对高等教育的投入。

当然，他是对的。相比之下，法国和德国面对经济衰退的反应是加大对大学的资金投入。（尽管这一资金更大程度上是公关的噱头，而不是真实的投资，但这也证明了萨科齐和默克尔认为，将更多的资金投入高等教育是一个很受欢迎的举措。）阿瑟做得不是很糟，但他也没有做得很好。你可能会想，他事先会为下面这个显而易见的问题准备好某种答案："如果我们不打算从大学身上省钱，那么钱应该从哪里来省呢？"我想他很难说出我们许多人的想法：身份证、三叉戟战略武器系统、阿富汗。但他本可以说出某种机敏的回答。但是，他也没有答出来。

我对"知识经济"和"高等教育部门"这两个术语都不太喜欢：前者是官员对我所做之事（教学和研究）的叫法，后者是官员对大学的称呼。但总体来说，与《卫报》网站上的许多评论者相比，阿瑟站在了正义的一方。而那些评论者居然在网上发帖响应这家报纸上关于削减大学投入的文章（这篇文章引发了今天的采访）。

好吧，有些人说了我们一些好话。但是也有很多人认为上大学是在浪费时间，学位完全可以在两年内完成，因为我们根本就教不了孩子们什么东西，而牛津剑桥的教师们则是一群特别懒惰的家伙。就像有人说的，"有很多人在读'无用的'学位，比如说牛津剑桥中的古典学这样的专业。每年有3个学期，每个学期仅仅8周，最后一个学期还是专门用来考试的（是的，每年学位教育课程是16周和大概每周3小时的辅导时间）"。

我希望他（或她）能看到我每天的日常工作，就像下面这样。

我早上7:30在家里工作，给学生发电子邮件，回复昨天晚上收到的消息。我在8:15去了古典学系，把一些论文和课堂资料整理好。10点，我在另一个系（我是内部的"外部"代表）参加了一个关于人员升职的会议。大约11:45的时候我又及时回到了古典学课上，去见坐成一排的5个研究生。2:30的时候我到了我们学院——我的另一个工作地点。

5分钟后我的助手（是的，我知道在这一点上我很幸运……）已经完成了大量的复印工作，我与每一个纽纳姆古典学三年级的学生面谈15分钟，讨论她们本学期的学习计划（严格按计划时间点进行，但我的进度还是慢了，没事，她们在周日晚上都是要来我家的，到那时再完成扫尾工作）。在那之后，我又见了几组一年级和二年级的学生，还有另一所学院的一个二年级历史系学生，这个学期将跟我一起学习古代历史，另外一个是我指导毕业论文的三年级学生。然后是一个我未曾见过的将要研究简·哈里森（Jane Harrison）的研究生。

我大约7点到家。丈夫已经做好晚饭了。这样我就多出了一点时间可以开始检查草拟的试卷了。我是考试委员会的主席，需要阅读所有要提交给明天的考官会议的试卷，找出出题方面的错误，制作副本，再找出打印排版错误等。工作一直持续到凌晨0：30，我认为这一天工作了17个小时，当然这其中包含了半小时的晚餐时间。

知识经济就是要加班啊！

那么，我们在"高等教育部门"体系内可以如何节省资金呢？嗯，在我们短暂的晚餐期间，丈夫想出了一个主意。考虑到这段财政紧缩的日子，难道我们不应该废除REF（研究卓越框架，Research Excellence Framework 的缩写，那些不属于"高等教育部门"的人可能不懂）吗？它不会告诉我们任何我们不知道的东西，它必须花费数百万美元。这些节省的钱至少可以在削减中拯救一些勤奋的学者和部门。在其他的行业中，这将被称为削减官僚主义支出，将资金投入一线（也就是老师……）。

评论

我认为该问题的部分原因在于你对高强度工作的迷恋。我想说，至少在英国这样的国家，如果人们少做点事，做得慢一些，社会就会更好。卷心菜以这样的速度才能成长。

——迈克尔·布利

我认为你的日记可能会给唱反调的人可乘之机，因为你没有强调这是你不到半年的工作时间中典型的一天。政客也可以这样声明说，自己在一年当中的每一天都是这样工作的，但我们认为他们并没有因此把工作做得很好……

我担心的是午餐环节的缺失!

——塞巴斯蒂安·拉兹

"更多的钱"花在了德国大学的身上,意思是"终于有一些钱"投给大学了。

——安东尼·阿尔科克

18世纪牛津大学基督教堂学院的盖斯福德(Gaisford)院长的理论是值得推荐的。他提出了一种"系统嗜睡"哲学。其中有很多值得称道的地方。他还鼓励对希腊的研究,因为"它经常会收益颇丰",尽管他想服务的对象很可能是英格兰国教会,而不是更普遍的经济。

——保罗·波茨

我在想,是否有必要根据我们繁忙的日程来证明我们的贡献是足够的,这种做法不就意味着官僚们显然占了上风,而教育本身却不再不证自明了。我更想看的是这样一种大学教师的一天,它能够更多地谈论传授的课程、揭示的奥秘以及唤醒的激情。

——罗杰·戴维斯

你有剽窃的风险吗?

2010年2月14日

周五晚上,我在剑桥大学做了一场达尔文讲座。该讲座是关于"风险"主题系列讲座中的一个。这些讲座会在大学春季学期的每个周五举行,现在已经有 25 年的历史了,几乎成了剑桥大学的一种制度。讲座每年都有一个新的主题(意外发现、生存、身份、证据……),以及大量的观众。我讲座的地点在米歇尔女子礼堂(Lady Mitchell Hall),那里可容纳 500 人,还有连接到拥挤的大厅的视频系统。

我的主题是"风险和人文学科",大部分的演讲都是关于古希腊和罗马人如何处理和面对危险的,以及为什么古人没有一个和我们一样的"风险议程"。但在最后的 5 分钟里,对这种现代意义上的风险议程如何扭曲了人文学科的研究和教学这个话题,我允许自己大谈特谈了一些。

像 AHRC(艺术与人文研究委员会)这样的机构是如此善于规避风险,当你申请钱的时候,他们会让你明确地指出你的研究结果会是什么,以及你的研究时间表到底是什么样的。这不仅是对人文科学研究的一个完全错误的表述(你不知道要花多长时间读一本书,这完全取决于它多有趣),而且它也怂恿我们所有人都不诚实。要想符合 AHRC 的指导方针,唯一明智的方法就是申请资金用于研究你已经做过的东西,这是风险规避的最佳方法。结果是没有问题的,你可以用他们给你提供的经费和接下来的时间完成下一个项目,然后在适当的时候,你会申请更多的钱来资助它(即使你已经完成了)。

讲座结束后,人们告诉我这是以实验室研究为基础的自然科学的常规做法。

但是关于大学风险议程的另一件讨厌的事情就是:它已经开始在切尔诺贝利模式中冒险了。我的意思是,就某些恶意事件而言，你需要做的不是为之负责或者控制自己，相反你已经成了被这些事情绑架的受害者。

就拿剽窃来说：它已经不再是"欺骗"的犯罪行为，而是正在变成一场可怕的学术灾难，你可能会措手不及，甚至连你自己都不知道你已经"剽窃"了。

如果你不相信我，去试一下东安格利亚大学（the University of East Anglia）的反剽窃测验："你有剽窃的风险吗？"

我起初天真地以为，这一定意味着"你有被剽窃的风险吗"，但不，这意味着"你有可能成为一名剽窃者吗"。它的13个问题涉及一些关于现代剽窃/风险议程的关键事实。是的，你可能在不自觉的情况下已经剽窃了他人。不，对剽窃的恐惧不应该阻止你和学生谈论你的工作，只要你是明智的。

这一切都让剽窃听起来像一种令人讨厌的疾病，你可能在不知情的情况下就染上它，但它不应该阻止正常的社会接触（只要你不共用牙刷或其他类似的东西）。

毕竟，正如我的一位同事所指出的，剽窃确实听起来像一种疾病。"作弊"却不一样。

评论

我不认为将"你有剽窃的风险吗"理解成"你有被剽窃的风险吗"是天真的。这就应该是它要表达的意思。东安格利亚大学想要刻意表达"你可能会无意中剽窃的可能性有多大"。这就像使用"你有被执行死刑的风险吗"来表达"你可能心不在焉地处决某人吗"。

——迈克尔·布利

我一直在对付那些剽窃的学生。他们中绝大多数人都知道那是在作弊。他们在一年级的时候没有旷过课和错过辅导，因此也听过我们向他们解释为什么剽窃是错误的。此外，我们还有一个针对他们的制度，对初犯者给予书面警告，这样他们有改过的机会。这几乎算不上是一场"可怕的学术灾难"，更像是针对今天大学里一个真实而严重的问题作出的深思熟虑的回应。

——罗布·克奈尔

　　保险行业应该对此有所了解。

——PL

　　在思想和文化领域（举几个例子），与借用人文科学的集体创作成果并对它们进行发展相比较，不恰当的版权和专利（知识产权）破坏性要大得多。模拟、改进、成功，所有这些可能性都被束缚和压制着，然后被大头朝下捆绑扔进了不可接近的地牢里。[在新话（Newspeak）中，"不可接近的"大概意思是指你没有通往外部的途径。]如果相较此前那有版权的叙述者，一个学生能将那些老生常谈以更为精妙的方式呈现出来，那就可以祝贺他成功了！如果不能，那他就遭殃了，成绩也会一落千丈。

——XJY

　　那么多学术书籍和期刊文章的作者，是因为害怕被指责剽窃，所以在参考文献中列出一堆需要10辈子才能读完的作品吗？

——迈克尔·布利

这可能是你在一些学术著作中看到庞大的参考文献的原因之一。另外两个更明显的原因是：让作品变得更厚，这样它就可以卖得更贵些；还可以帮那些也要出书的同事们吹捧一下，同时他们也会吹捧（引用）你的作品作为回报。典型的指令经济的恶习。

——PL

在《幽灵列车到东方之星》（Ghost Train to the Eastern Star）中，保罗·塞鲁克斯（Paul Theroux）引用了佩德罗·阿尔穆达瓦的话："任何不是自传的东西都是剽窃。"

——罗丝玛丽·米尚

剽窃被认为是在高级水平课程考试中获得好成绩的方法。我们被告知的第一法则是："如果你能记得我们讲过的关于这篇文章的内容，在考试中把它表述出来。"为了获得加分，"如果你还记得谁先说的话，那就把他们的名字写出来吧"。据我认识的正在准备高级水平课程考试的人讲，它并没有太大的改变，因此，那些可怜且认真的学生写道，"X老师说傲慢是导致英雄们失败的原因"。因为很明显，X老师最先说过这话。

——露西

根据我的经验，学生们被吓坏了。我大学的一个朋友（大约10年前）犯了一个小错误：在一篇文章中引用了一位老师的想法，但却不是用这位老师的原话表达的。后来，她对自己的行为感到不安，所以她告诉了这位老师。老师向本科司法委员会报告了她的情况,这是一个由管理员挑选的本科生组成的小组。为了证明他们在校园大丑闻后对那些剽窃的人的强硬态度,委员会给我这个朋友停了(我猜在牛津剑桥的词汇中会是"开除")整整一个学期的课。

——玛格丽特

爵士音乐家呢?当我们即兴创作时,音乐来自内心某个地方,不涉及有意识的思考,但是我们受到了我们所听过的所有音乐的影响。

——我们的萨利

我一无所有地来到这个世界,我所知道的一切都是从别人那里和书上学来的。我已经读了 65 年的书,很少留意书名或作者的名字,随着岁月的流逝很快都遗忘了。剽窃似乎是大学教授保护自己利益或恐吓学生的一种手段。

——布莱恩·莱维斯

你一周写多少封推荐信?

2010 年 2 月 19 日

这是一个关于写推荐信的小抱怨。但让我先明确一件事:评估学生、以前的学生和同事是我工作的重要部分。我并不是在抱怨被请求去做这件事(所以没有必要因为让我做这件事而感到丝毫内疚),我抱怨的是烦琐的、低效的、有时会碍手碍脚的体制。

我们来看看问题的严重性。虽然在每年的其他时间，统计数字会同比下降，但是从 10 月份到 2 月底（硕士研究生、巡回招聘和研究员招聘旺季），我平均每周写 10 封到 12 封推荐信，今年 1 月份，数量甚至达到 15 封到 16 封。书写和处理推荐信所花费的时间各不相同。如果你从零开始写（如果推荐对象申请的是一个复杂且不寻常的工作，那么所花的时间更多），需要一个半小时。有些学生的推荐信你此前已拟好并放在电脑上了（噢，这样不是违反数据保护法案吗？），这就简单多了，需要 15 分钟的时间。

总的来说，一封推荐信平均需要约 30 分钟，在写作高峰期每周总计需要 8 小时。

在过去，当我写得少一些的时候（这是一项随着年龄增长而自然变得更重的任务，有更多以前的学生需要工作、职位、研究休假、升职），这个系统的条理性更强。在电子邮件发明之前，你会收到学生的书面请求，询问你是否介意他们使用你的名字，然后你会收到雇主或学院或系部的一封信，请求你寄推荐信。你会把它们堆在你的桌子上，一个一个地处理它们。即使是最没条理性或者最愚蠢的推荐信写作者，也很难忘记它们或是弄丢一封。

通常情况下，你寄出推荐信后，会收到一封来自潜在雇主的感谢信。我记得亨利·查德威克（Henry Chadwick）是彼得豪斯学院（Peterhouse）院长时，他常常寄出一些书写漂亮的感谢卡片（这让你感觉很好，并让你下次关注）。

现在不是这样了。事实上，这是一场噩梦。

首先，学生们给你发电子邮件问你是否愿意做，但没有来自雇主或大学的任何形式的请求了，所以通常你做的事情就不只是把东西发出去那么简单了。即使你邮箱的收件箱比我的更整洁，学生的请求也很容易被湮灭在许多打开的邮件中，而你就会很容易忘记它（不像它躺在真实桌面上看着你那样直观）。我现在都向那些想让我为他们写信的人强调，"他们"有责任确保我写了。但我仍然会在半夜里因为担心自己是不是忘记了写哪封推荐信而感到恐慌。有时候，我真的会忘记。

下一个问题是，许多教育机构现在都有某种在线提交推荐信的系统。只是很少会运行得很好。你得到了一个密码，用它打开了一个清晰的、容易使用的表格，当你完成时会得到一个确认，在最好的系统中，电脑在最后期限前几天还会给你发出提醒。

但事实并不总是如人意。有时密码无法使用，有时系统"崩溃"。然后你所能做的就是疯狂地发送电子邮件到系统允许的任何联系地址。几个月前我花了几天时间向英国科学院提交推荐信——他们办公室有人指出，发送给我的密码前面的冒号实际上是密码的一部分（不是像我想的那样，只是密码前面的冒号），这样我才提交成功。这也是一场与时间的赛跑。因为如果你登录晚了，他们就会注销你的密码。除非你再写上几封能让人感动得涕泗交流的邮件乞求，或者编一些关于生病的小谎，否则他们不会再让你的密码生效了。

有时候，整个电子系统似乎都是不好用的（或者他们业内称之为与你的 Mac 系统不兼容）。圣诞节后，我试着填写一份剑桥大学的推荐信表格，是学生用电子邮件发给我的，然后把它打印出来，这样就可以依照指示用信封寄出了。我终于把这该死的东西填好，但是打印出来的时候，我写的东西都被删掉了。反复好几次。当你只写一封推荐信的时候，这就够烦人的了；当你明天前还有10封在排队的时候，它会让你抓狂。

也不是说现代的非计算机系统就更好。你再也不用经常直接把它寄给有关大学。是的，那意味着他们必须雇用人来将你的推荐信和你学生的申请进行匹配。为了节省他们自己的钱并且让你的愤怒最大化，许多部门现在都使用一个薄弱的、不怎么安全的系统：你把推荐信用信封装好还给学生，在信封封口处签字，然后用透明胶带盖住。然而，问题是你很难让一个提着热水壶并且有进取心的申请者忍住不去看你写了什么（译者注：古时候的信都是用蜡密封的，用热水壶中的蒸汽能够将蜡熏化，从而偷看到里面的内容）。此外，我在家里做这件事却找不到透明胶带的时候多得数不清。

我也收不到多少查德威克式的私人感激。你所能期望的最好回复是电脑自动回复"非常感谢您提交推荐信。在选拔过程中，这对学院是最有帮助的"。更有可能的是，你只是在表格上看到："因为大学收到的申请如此之多，不可能对推荐信一一告知收到。"（嗯，实际上，我敢打赌，训练有素的查德威克要用上几个晚上来写他的感谢卡片。）但我真正不能忍受的是自以为是的人力资源部门。他们不会说"对不起，我们不能回复收到"，而是又强加了一个不可能的时间表和一种要挟的手段。典型的做法是在周一的午餐时间发送电子邮件，称X博士刚刚初审通过，并希望在周四前收到你的推荐信，否则X博士获得这份工作的可能性将会大大降低。

但正如我们所知,人力资源部门所居住的星球与我们的不一样。

评论

这篇文章也道出了我对"互联网时代"最糟糕的感受。幸运的是,当我不得不写推荐信的时候,我就这样做了,并亲自和那个需要推荐信的人进行交谈。我记得亨利·查德威克当王后学院院长时的样子。可爱、善良、聪慧和有趣的书呆子气在他身上融为一体:哪怕中午12点过了一分钟的时候有人问候他"早上好",他都会掏出口袋里的表看一看,在一个确定的眼神之后,回应一句"下午好"。

——理查德

亲爱的玛丽,我禁不住想,
那(些)推荐信(reference/s)让你繁忙。
有某种规则不能忘,
越来越多的是你写信的数量,
越来越少的是相关的就业岗。
("/"是我为了得到特定口音的拙劣尝试,暗示着这个词因为重音的原因被读成 referensez。)

——QH. 弗拉克

有没有人因为没有及时完成推荐信而导致学生很有可能失去了想要的工作呢?有一次,我被请求给一个现代语言学的学生写一封推荐信。这个学生糟透了,我甚至都不会雇用她当清洁工。我迟疑了一下，犹豫了一下，不知该如何以最轻微的贬低来达到称赞她的目的，此时最后期限过了……

——罗丝玛丽·米尚

也许玛丽应该意识到被推荐人有权利看到关于自己的推荐信，所以伪安全措施几乎没有什么效果。

就我个人而言，我使用推荐信来确认当他们说研究过科普特语（Coptic）时，并没有撒谎。除此之外，我很少发现它们在筛选候选人时有什么用处。推荐信的用处仅相当于申请表格上所列出的"阅读、玩电脑游戏和旅行"等兴趣爱好。

——塞巴斯蒂安·拉兹

其次是论文评审的相关问题。在过去，这也是一种礼物经济：人们互相帮助。你为我的期刊评审论文，而我将成为你学生毕业论文的评审组成员。现在不一样了，简直全是垃圾邮件：无休止地请求我为不感兴趣的论文写报告。所以我点击了删除按钮。其他人也一样，随着机器人变得越来越神通广大，请求的数量也在不断增加。什么时候是头呢？我们能不能在十年之内读到这样一篇文章："同行评议制度——悲剧性的损失还是可喜的解脱？"

——罗丝·安德森

"很难让一个提着热水壶并且有进取心的申请者忍住不去看你写了什么……"多么神秘有趣啊！一个水壶！你能不能更明确一点，这个过程到底是什么样的？

——克莱姆

克莱姆，一种用蒸汽打开信件的古老方法。

——玛丽·比尔德

我在格顿学院（Girton）的导师是一个古典学者。她总是尽她所能帮助我们这帮未来会成为工程师的学生。因为我工业设计作品的赞助商建造的东西通常都是橄榄绿的，所以他们需要检查一下我的日常行为，看看我是否是一个共产主义间谍，这在当年的剑桥很常见。所以他们给我导师写了一封信。于是我的导师把我叫到她的办公室，让我告诉她应该怎么回复："你加入共产党了吗？嗯，如果加入了，你几乎不会告诉我。""你是同性恋吗？一个无礼的问题！"等等。不过，她还是给予了恰当的回答，我的老师人太好了。

——我们的萨利

好吧，亨利·查德威克。他担任基督教堂学院院长的时候，我就在附近。他看上去处处都显得很尴尬。他曾经坚持将一名大学生开除，因为据说这个学生让一个女孩在自己的房间里过夜。查德威克的理由是不管其他地方如何，学院——不，宿舍——是宗教所有物，不能允许这样的事情发生。

查德威克显然生活在19世纪某个被忽视的角落里。要是特罗洛普（Trollope）还在写作就好了。

——保罗·波茨

重要的不是你知道什么，而是你凭借什么而出名，而且值得注意的是，这不是个人的事情。大多数共享一套观点的人都有相同的评判他人的标准。查德威克是一个例外,好比粪池里的宝石,猪圈里的珍珠。

——XJY

如何输掉一场选举——以罗马人（或尼古拉斯·温特顿）的方式?

2010 年 2 月 22 日

  在公元前 2 世纪的某个时候,贵族西庇阿（Scipio）家族的一名成员在选举中失利。竞选古罗马市政官（aedile）时,这个人急切地跟民众拉票,碰巧和一个农民握手。农夫的手由于艰苦的农业劳作变得粗硬起茧,西庇阿这个软弱的有钱人不习惯这种感觉。"哇,"他说（以玩笑的方式?）,"你是用双手走路吗?"

  此时的罗马可能不是一个激进的民主国家,但是罗马人民并没有容忍富人对诚实劳动的穷人的侮辱,他们采取了报复。西庇阿输掉了选举。这至少是罗马帝国早期作家瓦列里乌斯·马克西姆斯（Valerius Maximus）在作品《名人言行录》（Memorable Deeds and Sayings）中有关选举失利者的章节里记载下来的故事。

  因为尼古拉斯·温特顿对我们这些乘坐火车时经常买二等座的人进行了诽谤,英国选民现在要对其进行这样的报复,但这种报复和上面罗马人的是不同的。毕竟无论如何,温特顿都要从议会离职了。

（实际上，公平地讲，对于温特顿来说，一天中的大部分时间里，在剑桥和伦敦之间的二等座上工作是完全不可能的，得到一个座位已经很幸运了，而打开笔记本电脑是不可能的。当你们的博主急于完成一些事情的时候，偶尔也会花钱买一等座。）

总而言之，与在5月份或任何时候的现代选举相比，我们真是有点嫉妒当年罗马面对面的政治。

打开电视，全是"被训练好的猴子"在美式选举壮观的场面中为自己辩论拉票，却在整个选举过程中都不谈那些真正重要的议题。报纸上充斥着工党使用社交网络等渠道的聪明才智，以吸引我们这些选民。这似乎意味着，我们将会被手机短信、自动电话信息以及他们发布在脸谱（Facebook）或推特（Twitter）上的所有信息轰炸。

道格拉斯·亚历山大（Douglas Alexander）在上周吹捧"点对点通信"的新阶段时说"自今年年初以来，工党为争取边缘席位与40万选民进行了接触，其间使用了一款软件，使成员在自己的家里就能给选民打电话拉票，与他们建立联系"。我希望你不是生活在边缘席位选区。因为如果你是，这意味着你将会被电话录音接二连三地轰炸，敦促你投票给工党……无论你是否告诉他们滚开，这样的状况仍将继续。忘了这种"联系"吧。当我在伯克利（Berkeley）的时候，恰逢上次总统选举，我从一个注册的民主党员那里租了一套房子，而自动的民主党员们一天要给他打20次电话。

你还想着有上门拜票？你想着去地方论坛走走，和候选人握手，看看你对他（或她）的想法？

回来吧，西庇阿，你被原谅了。

评论

如果国会议员正在火车上阅读机密文件，我当然希望他在一等车厢中自己的桌子上这样做。

——杰弗里·沃克

至于温特顿先生，我认为他真正的错误在于：市场经济中，一些人坐一等座是因为他们的雇主认为这是值得的，可以让他们的员工在火车上做更多的事情。雇主有权决定什么样的员工选择什么级别的座位，因为他们受到市场规律的约束：如果他们过于奢侈，他们就会破产。温特顿先生认为自己坐一等座是因为他值得这个待遇，但是他对自己时间和生产力评估的准确性却没有得到独立（市场）核查的支持。

——理查德·巴伦

老师们，小心细菌！

2010 年 3 月 16 日

我以前就抱怨过毫无意义的健康和安全方面的通告（就像敦促醉汉在站台上要小心的那条通告——这只能说是给那些"神志足够清醒"并能停下来看一看通告的醉汉准备的）。但美国这个保姆式的国家有时会出现更加激进的例子。

我刚刚在麦迪逊（Madison）度过了一段美好的时光。但让我有点吃惊的是，在教室的讲台上，我发现了一种装消毒湿巾的容器。我不确定这是什么意思。我是不是应该给自己的手消毒，这样我就不会污染授课控制面板了？或者，我应该用它们来擦拭麦克风、开关和电脑连接等，以防有一些来自上一位使用者的潜伏着的危险细菌？

它让我想起了那些美国超市。进入超市时，他们会给你消毒湿巾清洁购物车扶手（或是你自己的手？），然后才进入卖场购买食物装在购物车里。实际上我在伯克利认识的所有女性都是用脚来冲厕所，并认为这很正常。

我猜在卫生部门或是其他人眼里我是属于不听话的那类人。如果我在厕所看到一个通告，上面敦促我洗手以防止目前正在流行的某种瘟疫，我反而不会洗。我自认为是一个有责任感的人，能够并愿意做出负责任的决定。

在麦迪逊机场候机的时候，我去了一趟厕所，那儿的卫生通告比平时我看到的更厉害。从厕所出来后我一直在思考这个问题。（图片上文字：冬季呕吐病病毒流行。请正确洗手。）事实上，我在想，像战时"大嘴巴会丧命"这样的海报是否会让我或多或少向英俊的陌生人泄露我所知道的全部士兵的位置，或者布莱切利公园（Bletchley Park）最新的进展。这时，更糟糕的是，机场广播开始大声向所有人播放这条通告。

是的，它正在敦促所有旅客认真洗手，如果要打喷嚏的话，打到纸巾上。

至少,我们可以感到欣慰的是,到目前为止,美国一直在抵制英国人对闭路电视摄像头的痴迷,否则毫无疑问他们会将摄像头安装在厕所里,以确保所有人都洗了手。

评论

现在我在办公室收到的一些电子邮件结尾处都自动标注:"考虑一下环保,你需要打印这封邮件吗?"我的第一反应总是,"当然,现在你提到它了,我就应该把它打印出来存档"。

——艾利克斯

如果停止传播细菌,我们的免疫系统将会被削弱,将会成为一种不寻常流行病的牺牲品,有非常可怕的后果。所以保姆式国家一直都是错的。

——最卑微者

很有趣的是,关于卫生的问题,当前和历史上都有不同的做法(比如伯克利的"脚踏冲水者")。在南欧,你会看到男人(男人,而不是女人)在户外闭上一个鼻孔,把另一个鼻孔里的东西喷到地上(我自己从来没有这样的习惯)。许多北欧人都觉得这是一种令人反感的行为,而许多南欧人也同样讨厌看到有人把自己的鼻涕擤进布手帕,然后把手帕放进口袋里。

——迈克尔·布利

在瑞典,他们要求你打喷嚏时弯曲手臂进行遮挡。但在我们办公室里,却有一种"爆炸性"喷嚏的文化,这让每个人每天都心情愉快,并且显示出我们的肺功能良好。

——XJY

我最近参加了一个与人力资源部门谈判(或者我应该说对抗)的会议。我们亲切地、习惯地与对方握手,完事之后人力资源的人迅速地对他们的手进行消毒,但是却没有把那个装有消毒湿巾的容器递到我们这边的桌子。我从未被如此羞辱过。

——帕特·钱德勒

厕所礼仪应该懂。上完厕所怎么冲?
有人坐着用手推动,伯克利的女人用脚弄!

——迈克尔·布利

为什么"好的做法"可以毁掉好的做法?
2010年4月6日

我读研究生的时候,情况并不像现在这样。我不必填写很多表格,事实上,我当时刚刚申请英国科学院的助学金(当时是这样的)来攻读"罗马历史"的博士学位。当时还没有什么行为守则。如果我想学一些东西(比如一门新语言),我就去做了。我也并没有针对性地要求上某个系的某一门课("罗马历史学家的土耳其语",或其他)。

我的导师并不经常找我的麻烦(虽然快毕业时给我出了几

个难题）。每当我想见到他的时候，就给他写一张便条送过去（电子邮件发明以前）。然后我们见面，没有时间限制，一直到我汇报完研究工作或解决完我所有的问题为止。如果想和其他高级教职人员交谈，我会在研讨会之后或图书馆里找到他们，我们会一起喝杯咖啡或者（更经常地）喝点别的酒或饮料。

我确信这种懒散、不受监管的制度让一些学生失望。（我们都听说过博士生在12个月内没有见过他们导师的故事/都市谣言。）但这种制度对我和我的许多朋友来说都很好，而且或许可以说比我们现在提供给研究生的制度好得多。

现在，如果学生想要获得资助，他们必须在开始之前解释他们的研究成果是什么。（正如我们大多数人所怀疑的，最好的申请其实是导师写的。）当他们步入正轨的时候，行为守则在耳边响起：他们应该知道多久与导师见一次面；他们必须定期接受其他的教职人员辅导；他们有第二导师（以防第一导师不够好）；他们甚至还有学校发的记事簿，用来登记与导师的联系。（我担心那种在酒吧里能够打开思维的、愉快的、极好的讨论能不能算数。这样做有什么不对？）

我相信，所有这些举措都是出于好意。它们的目的是确保博士生不会在12个月内看不到他们的导师，或者花7年的时间还没完成他们的论文，或者更糟的是，在这个过程的最后没有通过答辩。但我担心的是原有的精华和糟粕都被去除了。换句话说，尽管（或因为）我们有着良好的意愿，我还是怀疑大多数研究生现在的"学习体验"比我们那个时候差——虽然我们那个时候还不知道使用"学习体验"这个词。

问题是，我现在完全忙于指导学生论文，作为第二导师面试研究生资助的申请者，做一、二和三年级学生的辅导工作，以至于我再也没有机会于上午的时候在图书馆里与研究生一起喝咖啡。所以，我有时间完成填表这样的例行公事，但没有时间和学生在一起放松，做我最擅长的事情（以及我的老师最擅长的事情）——谈论古代世界。

这不仅仅是研究生的问题。我和同事、我和本科生的关系也都发生了类似的变化。当我在剑桥（1984年）开始我的教师生涯时，我们经常会去听对方的课。这并不是要评价他们，而是学习——当然，如果你是新老师，和老同事谈谈你（或者他们）说了些什么都是非常有用的。这种有用的做法已经停止了，因为我们都忙着去听那些我们正式"指导"的课（在所有会引起尴尬的问题上都小心翼翼，如果授课人不太高兴，我就不想去听课，之后还要参加一个令人尴尬的、几乎毫无价值的反馈会议）。我们几乎没有时间去阅读彼此的作品，这在过去的剑桥一直是最好的传统之一，是剑桥里精英们智力优势的体现。

至于本科生，我记得当我还是个学生的时候，只要还有有意思的话题，老师对学生的课外指导就不会停。我在剑桥大学开始教书的时候也是这样。可是现在我对学生的指导时间很少超过1小时15分钟。为什么？因为我必须腾出时间来提升"好的做法"和透明度。因此，现在我们的学生可以接触到各种各样（真实但却没有任何帮助）的文件，有的是关于他们获得古典学学位后他们会具有什么可转换的技能，有的是关于一等学位和二等一学位的区别。但是我能分给他们的时间更少了，因为我在写这些东西，另外作为导师、第二导师、指导者、评价人……

我希望有一天，有人会回头看看这一路上我们花在了程序和书面记录上的全部时间（而不是做实际的工作和改变人的思想），他们一定想知道我们到底"从什么时候开始""在什么地方""为什么"忘记了我们真正想要的东西。

评论

至少在古典文学中，人类自己通常在死的时候也保持着风度。想象一下，如果他必须通过所有道德委员会及优良做法规定条例的考验……

——海伦

但是，告诉你这样做的人到底是谁呢？在剑桥有多少学者和你一样在抱怨呢？你为什么不做点什么呢？

你们都是聪明的人，想必可以简要地写下教育体系应该如何运行。你提出了存在的问题，但是却不给出任何解决的方案。当像你这样的人都温顺地接受这样的糟粕时，它会让每个人的生活更加艰难，因为他们会继续颁布执行他们毫无价值的规则和制度。看在上帝的分上，拿出些骨气，坚决抵制他们！

——朱利安·高尔

朱利安，当你把你的灵魂交给梅菲斯特（Mephistopheles）时，他就赢了。他让执法者站在他这边。他把食物放在桌子上。这里没有"温顺"——浮士德（Faust）不温顺。他只是签了一份错误的合同。回首20世纪50年代和60年代的大学生活，（在英国）学者有学术自由、终身教职、乐观和兴奋。特洛伊故事中智慧的海伦。（女孩们，找到你们自己的代名词了！）

——XJY

我以前就这样说过，但我不明白需要描述你教学的内容和目的有什么错。卖炸鸡的人也能做好，告诉你他们在提供什么以及你为什么要买他们的产品。为什么这么明显的道理被埋藏到了这些自诩"聪明"之人的自尊下呢？

——SW. 福斯卡

在被占领的法国，犹太人的一个优势是没有选择合作的权利。

——豪格韦德

我想，如果第一个体制对于 10 名学生来说都是一般，而第二个体制对于其中 9 个学生来说很好，对第 10 个学生来说可怕和不公平，那么相比较而言第二个系统看上去更好一些。除非你是第 10 名学生……

——科尔·芬洛-贝茨

最糟糕的宣言奖颁给了……

2010 年 4 月 15 日

昨天，我花了一天时间阅读了各种政党的竞选宣言，真是让人感到沮丧。我承认，这不是为了我自己的政治发展，而是因为我今天早上要在《今日》节目中对它们以及电视上即将播出的政党领导人之间的"大辩论"陈诉己见。

老实说，尽管工党和保守党比自由民主党稍逊一筹，但是我认为如果从竞选宣言这个角度讲，三个主要政党之间没有太大区别，公众没法进行选择。这不仅仅是图片的问题——尽管两大巨头在东方集团宣传家那里都找到了一些残羹冷炙。保守党"人民力量"的插图确实有拖拉机厂的味道。事实上，它确实是托利党派的一个广告，这其实显示了其意识形态的空虚，如果你读了这些文件，你就会发现这点。

正如我在广播中脱口而出的，这些文件最糟糕的地方就是他们的陈词滥调。无论谁写了这篇文章，他都没有领会到政治信息最重要的是：只有能够提出完全不同的令人信服的观点，也就是说，包含一些能够争论的信息，这样的宣言才是有趣、引人入胜、值得深入思考的。主流政党几乎没有给我们提供任何我们大多数人可能反对的东西。"人人公平的未来"（工党）？当然，但实际上这个国家里并没有多少要求不公平未来的人。"应该允许一个孩子以自己的速度成长（保守党）"？真的有人主张相反的观点吗？"作为保守派，我们信任人民"？谁不信任了？

通常，不同的政党会拿出几乎完全相同的陈词滥调。"用更少的钱获得更好的政治"（自由民主党）或者"好的政府必然是保守的，是花费更少的"——在这种情况下不仅是空洞的，而且是不真实的。

在一定程度上，你会有这样一种印象：他们都尽量不去冒犯任何人，所以他们的宣言都是苍白无力、没有特点的。这在一定程度上又是一次意识形态的简单缺失。另一个很好的例子是,"创建一个股权社会"这样的热情言论被写进了工党的宣言中,它是基于约翰·刘易斯(John Lewis)模式提出的。哦!更别提战争了。关于军事装备和医院的材料有很多,还有几张士兵们与当地人友好相处的照片(在保守党的宣言中,还有一个足球)。但关于我们是否应该出兵阿富汗,他们却只字未提。正如我丈夫所说,"人民力量"显然没有覆盖到阿富汗"人民"。

或许可以这样推测,那些最不可能出现在政府中(甚至赢得一个席位)的政党拥有最新鲜的方法。在三巨头平淡无奇的宣言之后,共产党的宣言让人们看到了积极和宽慰。这些政策可能是疯狂的,但我喜欢它的封面,宣扬"英国是人民的而不是银行家的。让肥猫们付出代价吧"("人民"可能有保守党的味道,但是"肥猫"使其露出了真面目)。某种意识形态终于出现。

那么,哪一个是最糟糕的?好吧,在这场势均力敌的比赛中,在三巨头之间,一定是工党的版本。两宗罪恶使它比其他两个政党的更糟糕一些。首先,我无法忍受戈登·布朗(Gordon Brown)在他的介绍中使用"我爱英国"(好像其他人都不爱……)这样的句子。但更糟糕的是,就在他们要对 DNA 数据库(译者注:工党政府 1999 年批准由警方管理 DNA 数据库,以利于警方保留那些被定罪的人的遗传信息)高唱赞歌时,我们却读到了"我们为在公民自由方面取得的成绩感到骄傲"这样的句子。这要么是胡言乱语,要么是自欺欺人。无论是哪一种,都能为他们赢得倒数第一。

但无论如何,我因自我推销和在广播中几分钟的名气而得到了报应。我对电视中各党派辩论的一句描述(关于那些可怜的家伙如何熬了一整夜拔光自己的眉毛却看了自己的笑话）被BBC引用在《每日语摘》（Quotes of the Day）中。但遗憾的是，我的个人介绍却没有被正确地提到。报道称，玛丽·比尔德是一位"美国历史学家和女权活动家"。该死的！这是另外一个更有名的玛丽·比尔德，她在1958年就去世了，当时我3岁。

评论

我为缺乏意识形态而感到欣慰。一个政党可能会把它的政治理想强加于我们所有人，包括那些不同意或者那些可能正在力图这样做的人。这样的想法让我感到恐惧。对于缺乏意识形态的政治家来说，真正的诚信挑战就是把这一想法说出来。

——理查德·巴伦

我喜欢在宣言中看到那些多余的保证，它们就如同制造商们所做的保证一样，大肆谈论给予你法律中早已要求保障的权利，还将其作为一种恩惠。（"一年之内我们将免费更换有问题的零件！"）

现任国会议员（保守党）在他的竞选宣言中吹嘘说，这份传单是由志愿者"免费提供给纳税人的"。但愿这一说法是真的，因为如果他试图让纳税人承担他竞选的花销，他就有大麻烦了。

——安娜

如果你想要意识形态，不妨看看劳工教育（Labour Education）发言人充满教条主义色彩的郑重声明，他认为学习拉丁语是一件坏事。

——奥利弗·尼科尔森

不是昆塔斯·西塞罗告诉他的哥哥，永远不要承诺任何具体的事情，也不要在竞选活动中有强烈的想法吗？

虽然我确信今天大多数的政治家没有读过《竞选手册》（*Commentariolum Petitionis*）（在我的国家没有），但是他们似乎很好地遵循着其中的一些建议。

——GI

政党竞选宣言中的10个愚蠢的（善意的？）想法

2010年4月29日

在对主要政党的宣言进行了认真的研究之后，让我来揭示一些由政党委员会通过并写入官方承诺的愚蠢想法。人们会好奇，这些东西到底是怎么得到通过的呢？你注意到它们了吗？

1. 为工程学设立一个新的奖项。

这是保守党的想法（为了"让英国成为欧洲领先的高科技出口国"）。也许这不是一个坏主意，但写在宣言中合适吗？（我注意到，没有古典学奖！）

2. 创建一个专业的汉语教师培训资格考试，这样更多的小学能够找到合格的汉语教师。

这是工党提出的。一个有价值的目标，但是当我们尚不能有效地教授法语之际，我们能够做到吗？这些汉语老师来自哪里？

3. 控制恃强凌弱，包括对同性恋者的欺凌。

另一个高尚的目标（这一次来自自由民主党），但这是一个合适的宣言承诺吗？我的意思是，他们会怎么做？

4. 发起一年一度的大社团日。

另一个节日，用来"庆祝社区团体工作"。也可能是中产阶级的爸爸妈妈们计划建立自己学校的工作。不用说，这是保守党的想法。

5. 一周内拿到癌症检测结果的权利。

工党的公关行动。那么，谁不希望快速的癌症检测呢？但是另一个目标呢？而且它是多么容易被那些咄咄逼人的中产阶级操弄啊！下次当我需要用X光来治疗僵硬的膝盖时，我就用"疑似癌症"来说服我的医生。

6. 为普通中等教育证书和高级水平课程考试建立一个免费的考试试卷和给分方案的在线数据库。

这是保守党一个聪明的想法，但据我所知，你已经可以免费得到这方面的信息。

7. 如果你不得不选择铁路替代巴士服务，那么英国铁路网公司需要退还你三分之一的票价。

好主意。无论自由民主党是怎么想出这个点子的，出主意的人都一定是在剑桥居住过，在这里，铁路网公司经常发售同时前往伦敦的两条线路的票。但是对于一个想要削减繁文缛节的政党来说，他们认为代价将会是什么呢？

8. 确保2013年橄榄球联盟和2015年橄榄球联盟世界杯的成功。

确保我们赢了吗？或者保守党到底想说什么？

9. 所有相关机构（不仅仅是社区警察队伍）将每月举行公开会议，听取百姓所关心的事情（比如工党现在所称的反社会行为——ASB）。

它可能是有用的。但作为工党宣言里的承诺合适吗？

10. 解决各级科学研究中的性别差异，以帮助增加科学家的配备。

我完全赞成这个，自由民主党。但是我们很多人已经为此努力了很多年了。那么他们到底将如何解决这个问题呢？

还有很多，不再赘述。

评论

我很好奇为什么每个人都突然对汉语着迷，如果真要学习汉语，我们又如何找到数以百万计的能快乐地说汉语的人呢。他们知道汉语有多难吗？（当我住在中国的时候，我努力过，但进步不大。）当然，这一切都是为了学习与中国商人对话，不是为了让人们去读《三国演义》的原著。

——托尼·基恩

我发现很难严肃对待"来自（coming from）"这个词，因为它总是使用在"我知道你来自哪里"这样的一些句子中。有一个精彩的故事，有一位美国男演员与约翰·吉尔古德（John Gielgud）同台演出，他向这位大人物请教演技："吉尔古德先生，在这一场戏中，我（表演的灵感）到底来自哪里？"约翰先生回答道："舞台的侧面，亲爱的孩子，侧面。"

——迈克尔·布利

我的搭档上小学时学习过汉语。这种特定教育唯一留给他的是，可以唱一首相当甜美的关于数字的儿歌，然后突然交到一个朋友。不管怎样，我认为这种能力对英国的经济产出没有做出巨大的贡献。

——LIZ

我们需要坏老师吗？

2010 年 7 月 12 日

曾那·阿特金斯（Zenna Atkins）是教育标准局（Ofsted）现任主席，即将退休，但最近却因其言论陷入了麻烦（毫无疑问是被误解了）。她说，孩子们学会如何应对少量的坏老师可能是件好事。即使她被误解了，我也支持她。公共服务领域能够摆脱人性的弱点，这样的想法肯定是痴心妄想。对于我们不完全信任的老师 / 警察 / 税务稽查员 / 医生，我们都需要学习如何辨别他们并与其打交道，就像我们需要学习如何对付不能满足我们要求的私人企业一样。我们有必要抵制（无用的）填表（tick-box）能力的骇人侵蚀。我们总是要和低于标准的人打交道（毕竟这是"标准"的定义）。

但最大的问题不是"你如何对待坏老师"，而是"你怎么知道谁是坏老师呢"。

当我还是个大学生的时候，我对我认为糟糕的课感到非常愤怒。事实上，我的一个好朋友曾有一次去见当时的希腊语教授（一位 K 教授），并公开告诉他，他的课是大学的耻辱。事实是，说得对，也不对。相对于在匿名调查问卷上吐露心声而言，我朋友的正面对抗是一种更有效的提出该问题的方式。

但在 20 世纪 70 年代，当我还是一名学生活动家时，我感到震惊。

我们这些活动家决定进行第一次（我认为）古典学课程问卷调查，希望能找出那些乏味的、不认真的坏老师（其中包括那位希腊语教授）。但是结果与我们所期望的并不一致。当然，我们关于谁是最好老师和谁是最坏老师的观点在调查中得到了大量确认，但是另一方面所有老师都或多或少得到过某些学生的最高评价。在这种情况下，除非你认为不需要考虑少数人的意见，否则你根本无法抨击任何一位老师。（尽管你可能想把其中一些人拉到你这一边来。）

我自己已经做了 30 多年的上课游戏，我认为还有一个更大的问题。那就是你是如何以及在哪个时间节点去判断某位老师的教学是否成功。把教师的授课和指导与学生最终的学位成果联系起来是很好的。但这不可能是全部意义所在。因为得到一等学位或二等一学位最终并不是真正重要的，而你凭借所学的知识在接下来 5 年、10 年、20 年、30 年要做的事情才是最重要的。当然，一些给我们留下深刻印象的公民多年前拿到的也可能是二等二学位，而且毫无疑问，从长期的角度来看，他们一定受过某些教学的影响和启发，而这些教学在当时即使往好处说也被认为是低效的。

评价"谁是坏老师"的麻烦在于，你 21 岁时认为某位老师很糟糕，可是到了你 41 岁再回顾当年的时候，你可能会认为他是影响你最深、启发你最多的老师，甚至包括 K 教授。

评论

不,坏老师就是坏老师,时间改变不了事实。在过去的几十年里,我无论如何也不能对讲解帕麦斯顿和格莱斯顿的历史老师产生好感。他课堂上照本宣科地听写那些晦涩难懂的注释,目的是让我们熟记于心。我也永远不会喜欢上剑桥的那个法律老师,他总是用你能想象得到的最沉闷的声音朗读推荐教材(巴克兰)中的部分内容。我们应付历史老师的办法是要么按照他说的做,要么装装样子;对付法律老师的办法就是躲得远远的。所以我们确实学到了一些关于适应和生存的知识以及如何不成为坏老师。

——鲍勃

玛丽在"标准(par)"意思上的诙谐,充分体现英语的地道性和自发性,即使对那些不喜欢高尔夫的人来说也是如此(译者注:高尔夫术语中 Par 指的是标准杆)。至于授课,许多人肯定受到了利维斯(Leavis)所说的话的鼓励,即如果学生想从大多数课堂中有所收获,他们可以去读上课用的书。

——彼得·伍德

我不得不承认,我不明白"玛丽在'标准(par)'意思上的诙谐"。你能解释一下吗?我希望在标准和平均之间不会有混淆,因为英国教育标准局本身往往会卷入这类混乱中。

——迈克尔·布利

安东尼·鲍威尔(Anthony Powell)说,在学习成为一名作家的过程中,他从坏作家那里获得了更多的好处,他可以辨识并学会避免他们的恶习,而不是从那些好作家那里,他们的优点往往是不可复制的。对于坏老师的问题,我们是不是也可以这样从反面解决一下呢?

——PL

平民伤亡、泄密和古代的观点

2010 年 7 月 26 日

总的来说,希腊和罗马的军官不怎么在乎泄密、平民伤亡和战争的公关这三个方面。举个最露骨的例子,罗马帝国的军团要去征服一些外国领土,为了达到目的他们无恶不作,回到家乡后还会对此吹嘘一番。在罗马,没有多少人知道或关心战争罪行。胜利才是关键。当然,这看起来和蛮族人的观点不同,但是野蛮人几乎没有机会把他们的观点施加给罗马。

但即使是在古代,也不是那么简单。马可·奥勒留(Marcus Aurelius)纪功柱("另一个"不那么著名的纪功柱,仍然矗立在城市的中心)的许多现代观看者都诧异于柱上描述的罗马暴

力场景是多么具有"颠覆性"。纪功柱主题是奥勒留对抗日耳曼人的行动，比图拉真（Trajan）纪功柱中（例如）妇女和儿童被绑架或屠杀的情况还要血腥得多。这是值得庆祝的吗？或者至少在这里有对罗马征服世界的肮脏一面的一系列展示（即使不是直接质疑）？

至于泄密，古代世界的通信问题导致了大量泄密行为和谣言。这是我在研究写作我的书籍《罗马凯旋式》时最触动我的一件事。我发现，得胜而归的将领如果提出"凯旋式"的请求，元老院经常这样回答，他们要等询问一些（罗马人）目击证人后再确定该将领是否有资格获得这样的荣誉。我听到的最离奇的谣言是卡西乌斯·朗吉努斯（Cassius Longinus）取得了大捷（他接着就参与刺杀了恺撒）。他声称已经击退了帕提亚人对叙利亚的入侵。真的吗？在罗马流传的一个谣言是，他们根本不是帕提亚人，而是阿拉伯人装扮成帕提亚人。

平民的损失也可能引起争议。

当然，在古代，什么样的人算作"平民"与现在有很大的不同。从某种意义上说，考虑到古代兵役的性质，所有成年男性都被算作士兵，所以平民就是妇女和儿童。在伯罗奔尼撒战争（the Peloponnesian War）中雅典人对下面这个问题进行了著名的辩论：到底哪些人，确切有多少人应该算到这场战争的伤亡中。当他们在莱斯沃斯（Lesbos）岛上的迈蒂琳（Mytilene）市镇压了一场叛乱后，起初他们决定杀死所有的男性公民，并奴役所有的妇女和儿童。但第二天，再次辩论后，他们改变了想法（诚然，这是出于权宜之计，而不是同情），决定只处决叛乱的头目。

尽管如此，古代的军事机器不会发生我们刚刚看到的关于阿富汗战争的那种程度的泄密。我们看到的似乎是一组令人沮丧的文件。先不说这些新材料会牵扯出的大问题，我们曾经质疑过平民伤亡的问题，官方则矢口否认，现在我们却发现这些否认中至少有部分乃是谎言，这不能不让人感到愤怒。在这个国家，每当你质疑北约军队在阿富汗的行为时，就会有人扔给你一张"伍顿巴塞特"（Wootton Bassett）卡（编者注：伍顿巴塞特镇乃阿富汗遇难英军士兵遗体返乡必经之路）……"你怎么能侮辱我们的小伙子们？"

事实证明，我们一些小伙子的子弹（以及其他北约国家小伙子们的子弹）杀死的平民比以往任何时候都多。

但是这个问题要复杂得多，当然我也不是对个别士兵的行为表示谴责。真正的罪魁祸首是那些政治领袖，他们让我们相信，你可以在不伤害无辜者和"有罪的人"的情况下，打一场阿富汗游击战争。那些人强烈暗示（即使他们没有说）现代战争就像外科手术，而且开展得很成功，并且它能够赢得正派的阿富汗人民的心。

继续做梦吧。对于确实让人厌恶的战争而言，罗马人的态度至少更真实一些。

评论

《卫报》的风格指南中有这样一条："无辜的平民：这里形容词是多余的。"

——迈克尔·布利

马可·奥勒留的作战是对日耳曼人的防御而不是进攻，不是吗？我认为，大量的日耳曼人和萨尔玛提亚（Samatian）部落正大举入侵罗马的省份，抢劫、焚烧和杀戮，而罗马人则在某种程度上拼命地尽其所能，以击退他们。

——马克斯

鉴于塔利班（顺便说一下，阿拉伯语中是"学生"的意思）从定义上来说不是国家武装力量的成员，所以使用"非作战人员"这个词更好些。不管怎样，这不是《卫报》！

——杰弗里·沃克

塔利班是"talib"的波斯语复数形式，阿拉伯语复数是"tullab"或"talaba"。阿拉伯语的"塔利班"是双数形式——"两个学生"。就是这样。

——安东尼·阿尔科克

英国最有智慧墓地的政治

2010年9月11日

今天早上我醒来后，收看了我的同事马克·戈尔迪（Mark Goldie）主持的《今日》节目，内容是关于"阿森松的墓地（Ascension Burial Ground）"。从我家出发，沿公路前行大约100码，就能到达这块墓地。

我第一次去那里是大约25年前。当时是去寻找詹姆斯·弗雷泽（James Frazer）的墓碑，我那时正在研究这个人（我想，他那令人着迷的"直肠式"档案，主要应该是由弗雷泽夫人编辑的，现在被三一学院收藏，这个我们过后再讨论）。从那时起，我就时不时地在这里游荡，做着我母亲过去常说的"墓地蠕动"，寻找着被遗忘已久的大学教师们的墓碑。这是一个周日散步的好地方。如果我不得不在某个地方长眠，我也想选择这里。（我估计一小块墓地都会相当昂贵。）

很明显，马克和我一样，对墓地有着很高的热情。他也能够欣赏那略显"过度的生长"，混杂着的众多安息者，生动性格的鲜明对比和暗示。［正如你所预料的，那个花花公子——理查德·杰布（Richard Jebb），19世纪晚期的希腊语教授——的墓碑是一个宏伟的创举。］但他小心翼翼地掩盖了一些更加深奥的政治，以及这里其他一些离奇的东西。

看看维特根斯坦（Wittgenstein）的墓碑。

正如马克指出的那样，非常朴素：一块简单的石板，只有他的名字和生卒日期。马克把这归因于这个人自己，正如在世时一样，他拒绝在死亡中说出任何不可证实的东西。

是的，对这个人来说似乎是合适的。但在这里，还有其他一些不那么高尚的因素在起作用。维特根斯坦的墓碑实际上与詹姆斯爵士和弗雷泽夫人的（你本以为会更张扬一些——在20

世纪 30 年代，弗雷泽是一个真正的名人）相差无几。秘密在于，这两块石碑都是由三一学院以低价委托打造的。（剑桥里有钱的学院可能会花钱去妥善地照顾档案，但他们不会把钱花在这些石碑上面。）维特根斯坦在没有继承人的情况下死去，而弗雷泽夫妇在没有孩子的情况下，一天之内相继离世，所以在这两种情况下，都由三一学院负责葬礼和墓碑。事实上，它与维特根斯坦的性格完美契合，这是一个皆大欢喜的巧合。

但是关于维特根斯坦的墓碑，还有比这更令人好奇的。首先，不断有祭品摆放在墓碑前。我上次去的时候，有一架小梯子（我想是用来纪念他那著名的比喻）和各种枯萎的花。

还有就是政治上的就近原则。如果一个人在思考长眠之事，那么与朋友而不是敌人相伴，似乎是很重要的。这正是维特根斯坦的学生伊丽莎白·安斯科姆（Elizabeth Anscombe）所想到的。除了购买毗邻的地皮，她还能怎样永远陪伴在维特根斯坦的身边呢？这种做法甚至无视了宗教的界限，因为她毕竟是天主教徒。

总之，这个墓地值得一去，同时还能进行政治上的思考。尽管，正如丈夫指出的那样，没有海格特公墓（Highgate）的规模大。

评论

玛丽，据我所知，在英语文章中，名词的前面应该用形容词来修饰。想想一个墓地是有智慧的，我觉得很有趣。长眠于此的人当然是智者，但墓地本身？

——苏·斯金纳

苏·斯金纳，如果我在死囚牢里，我最不希望的就是你成为负责宣判我死刑的官员。

玛丽这里不是粗心的错误，而是换置。

——图胡

另一个值得你顺路参观一下的大学墓地是在莱茵河畔波恩的老墓园（Alter Friedhof）。我以前就住在通往那里的街道旁。

罗伯特和克拉拉·舒曼（Klara Schumann）的墓是最令人印象深刻的。但你还会发现贝多芬母亲和他的小提琴老师最后休息的地方，席勒（Friedrich Schiller）的妻子和儿子的墓，威廉·施莱格尔（August Wilhelm Schlegel）的墓。施莱格尔翻译过莎士比亚和考尔德（Calder）的作品，并且还翻译过《罗摩衍那》（Ramayana），他是语言学的奠基人之一。（对那些熟悉德国文学和历史的人来说，还有很多值得一看。）

——比利

博物馆派对：
舞会、跳舞、会议、伟人和好人

2010 年 9 月 23 日

我在做有关菲茨威廉博物馆（Fitzwilliam Museum）档案的一些工作，尤其是这里 19 世纪的历史（后面会对这一点深入展开）。我快速翻阅了一下，仅仅如此，就已让我大开眼界。

我一直以为，在博物馆举办派对的想法是 20 世纪 70 年代

（嗯？）的发明。我想，这是因为博物馆资金不足，以及撒切尔式商业道德的推动作用。事实上，当希腊人在20世纪90年代反对大英博物馆在埃尔金大理石雕塑前提供三明治时，我也对英国人这样的行为表示质疑，觉得他们在艺术作品前吃吃喝喝的做法一定史无前例。

我不知道在19世纪的大英博物馆里发生了什么。但在剑桥，菲茨威廉博物馆的热情好客可以追溯到博物馆完全建成之前。

1842年7月，甚至在建筑完工之前，博物馆里就举行了一场盛大的皇家舞会。一群伦敦皇室成员来到这里，他们应该是"免费"的。另外，在附近的阿登布鲁克医院（Addenbrooke's Hospital）的帮助下，博物馆还出售了1750张门票。舞会持续了一整夜，直到早上6点。第二天上午，忠诚的民众被允许花2先令6便士去看舞会的残局。这显然是一个非常迷人的时刻（墙上挂着红白条纹的旗帜等），但也不是没有危险：《伦敦新闻画报》（*Illustrated London News*）这样报道，悬挂在周围的成百上千蜡烛的蜡油不断地滴落在女士们裸露的肩膀上，也把男人们的西装弄得一团糟。

但这一传统仍在继续。1864年也有一场盛大的庆典（这次是挂满了绘画作品）。1904年，当国王和王后来到城里的时候，博物馆又在画廊里提供了一顿丰盛的午餐，更不用说定期举行的荣誉学位午餐了。但也有更为理性的时候。

到19世纪末为止，剑桥的会议（谁将会写一篇关于"会议"历史的文章？）都是在博物馆里举行座谈会的（加上音乐和大量的茶点）。例如，在1899年，全国教师联合会举办了一个招待会，在地下室的埃及石棺和希腊大理石之间，有精美的签名音乐唱片专题展览供大家欣赏。而在这之前的几年，1896年，又举行了一次关于中学教育会议的座谈会，进行了伦琴射线的现场演示！

实际上传统仍在继续。我们正在筹备明年盛大的古典学会议。猜猜我们在哪里举行招待会？

在菲茨威廉。

评论

理查德·欧文（Richard Owen）于1853年12月在重建的禽龙模型肚子里组织了一次晚宴，这只禽龙是他找人为海德公园1851年大博览会修建的。

准确来说，这不算是博物馆招待会，因为当时水晶宫关闭了，但是它离得很近。

——布莱恩·W. 奥格尔维

世界级大学与人力资源合规部门

2010年10月14日

鉴于英国的人口数量和GDP，你一定觉得英国拥有世界一流大学的数量之大，远远超出你的想象。让这些大学保持世界一流的一种举措就是在全球范围内举办讲座、研讨会、评审员交流等。

所以，反思一下：最近从管理层（我只能遗憾地这样来称呼行政机构，就在10年前还感觉他们是我的"同事"）传达下来一条指令，未来针对博士生的考试，我们将只被允许指定那些有权利在英国工作的外部考官（也就是说没有美国人、澳大利亚人等）。显然，"人力资源合规部门"（我不是在开玩笑）是这样郑重告知我们的，阅读博士论文、写报告并给候选人提供（比如）两个小时的口试，这些算作是"雇佣"。所以，如果你被委托去做这件事，你需要出示你的护照来证明你具备在这个国家工作的资格。

假如这是真的（我的意思是假如），那么这就恰恰是对英国作为世界级学术中心理念的一个小打击。

在我们学院，我们通常用英国学者来审阅博士论文（我们不浪费差旅费），但有时学生们所研究的内容确实需要非欧洲经济区的评审员。例如，普林斯顿的托尼·格拉夫顿（Tony Grafton）可能是世界上为数不多的有资格审查专业博士学位的人之一。但他将不再被委托，至少在法律上的解释是这样。确实很幸运的是，最近被任命的"澳大利亚"的评审员，他刚刚接手了我们的一篇论文，结果是有英国护照的。

那么我们的选择是什么呢？嗯，人力资源似乎没有提供答案。（国际研究前沿的世界一流大学也不过如此，我们现在是不是应该叫作"欧洲研究"？）我们周围这些人的一种想法是我们用视频链接来做，这样考官就不用进入这个国家了。（让学术生活更有价值的面对面交流观点也只能做到这样了。）另一种是我们把候选人和外部审查员空运到美国或澳大利亚或其他地方。或者我们就使用海峡群岛。

这是新移民法愚蠢政策的一个小例子而已。但是，不允许世界上最好和最合适的学者来评审剑桥最好学生的论文，这不是让声称自己是这个星球上顶尖大学之一的剑桥成了一个笑话吗？（因为这是国际学术团体存在的意义。）事实上，为什么审阅博士论文属于"雇佣"范畴呢？我们的人力资源部门真的没弄错吗？

他们接下来要告诉我们的是，当我们邀请人们为我们做有影响力的讲座时，我们只能邀请那些有权利在这里工作的人。

这不是移民立法的本意。但是，不管怎么说，如果哪所大学要我花25个小时审阅一篇博士论文，只能赚100英镑，而且还得先申请到英国护照，那我只能说"走开"了。

评论

有人记得"保护与生存"传单吗？

我们最后剩下的出口商品是创意、思考、"知识产权"。现在我们放弃了。我们把一切都关闭了。用毯子遮住窗户，沏一杯好茶，在楼梯下把纸袋套在头上，静静地等着死去。

——米歇尔·拜沃特

这可能是立法的意图，但更有可能的是，它仅仅例证了我长期以来一直怀疑的事实，就是在公务员中没有人理解最基本的亚里士多德逻辑学，否则他们在相关法案起草阶段就能看出其暗含的意思了。当我还在念书的时候（很久以前了），我们的"英语用法"课就讲到了（还有其他的）如何将基本逻辑运用到英语文本中，但我猜这样的课已经被主管部门取消了。一个疑问：在白厅，有懂——更不用说创作——三段论的人吗？

——大卫·柯万

白厅的人不知道什么是三段论吗?这糟透了。我必须马上给他们寄一个去。大家看看。这个怎么样?

工作许可证可以让你在英国工作。玛丽·比尔德不是工作许可证。因此,玛丽·比尔德无法让你在英国工作。

——迈克尔·布利

我能说说这些规定有多可恶吗?首先,在剑桥和伦敦评审学生论文,给我带来了非凡的好处。那就是友谊以及有机会与才华横溢的年轻学者交流,否则我甚至都不会认识这些人。我尽自己最大努力来帮助这些学生,每次都针对他们的论文写出详细的阅读报告,并帮他们写推荐信,之后只要学生需要,我也会提供帮助。我的许多同事也都是这样做的——事实上,近年比以往做得更多——他们也收获很大并且也帮助了他人。看到学术世界主义中这虽小却很重要的一部分被毁掉,非常令人难过。

——托尼·格拉夫顿

难道这不像现在的我们吗?曾经是反叛的一代,现在不也被行政机构的这种猛烈攻击吓倒了吗?我不尊重这些规则和它们的执行者,我想可能需要采取一些小的手段。当你家房子需要做维修,你会每次都跑到相关委员会那里申请许可吗?在管道、电气或装饰的零活中,从来没有一点黑市交易吗?

在我看来,你需要虚报账目,储备现金。当不能用支票的时候,一个装有几百英镑钞票的信封就能解决问题。

——莱克斯·史蒂文斯

(好消息是,在这篇文章发表后不久,人力资源部门决定,博士评审员不需要申请签证!)

睡在图书馆

2010 年 10 月 30 日

本周早些时候,我参加了《泰晤士高等教育》在大英图书馆组织的一场辩论"实体图书馆对 21 世纪学者们来说是多余的资源吗?"。换句话说,我们是不是都应该待在家里/书房里,在笔记本电脑上检索我们需要的全部资源,让国家省下在砖头、水泥还有像书这样笨重的东西上面花费的钱。

现在没有人可以指责大学教授(我)是勒德分子(早餐时我就把笔记本电脑打开,无法想象没有西文过刊全文库 JSTOR 的生活是怎样的),但我不打算在没有痛痛快快地打上一仗的情况下就放弃实体图书馆。

我对实体图书馆的赞美包括一些大家熟悉的话语。你去图书馆不仅仅是为了获取信息,你去那里学习如何以不同的方式思考,关于排序、分类、运气(你在书架上找到一本正在寻找的书,却意外发现旁边的一本才是你真正想要的)。你去也是因为人,那里有着其他的读者和图书管理员。你去享受拥有空间和安静进行思考的纯粹乐趣,当然也有违规的乐趣。在这个话题上,我对我们过去在图书馆里常做的事情有一些怀旧的反思,比如吃、喝、吸食合法和非法的东西或者做爱。我本来想请那些曾经在图书馆的书堆里——爱书者的"高空性爱俱乐部"(Mile High club)——做爱的人举一下手,但是转念又想尴尬可能会使愿意举手的人寥寥无几,造成误解。

年轻的读者可能对此感到困惑,那你一定不知道几年前在图书馆里吸烟是被允许的。其实,有点像在飞机上一样,剑桥古典学图书馆靠里面的两张桌子曾经是吸烟桌。我丈夫回忆道，其他伦敦图书馆禁烟之后，沃伯格图书馆（Warburg Library）仍然继续允许吸烟。禁止吸烟会在东欧的老年读者中引起骚乱。但是，他指出，这样确实让这个地方的其他人都感到有点不舒服。（健康和安全专家可能需要反思一下，这些图书馆没有一个被烧毁！）

从某种程度上来说，我和我们辩论小组其他成员之间的分歧主要在于速度和学术成果之间的关系。毫无疑问，许多信息可以通过电子方式更快地检索到。其他发言者大部分认为这是一个好东西，没有任何问题。而且有一个人甚至认为，英国学者人均成果比其他国家都要多，原因就在于大家对新技术的接受。

在这一点上，我的观点截然相反。事实是，真正好的思考通常是一个非常缓慢的过程。在你拿到一本书之前等待的30分钟里，或者骑自行车去图书馆的15分钟里（对我来说），这种过程一直在继续。事实上，信息检索的速度实际上可能与好的思考相抵触。（我想，我们是否应该像慢条斯理地烹饪一样发起一个缓慢思考的运动呢？）

至于祝贺自己成果数比其他国家更多……我们需要的是质量，而不是数量。我们可能应该放慢一点速度。

噢，我碰巧现在在纽约参加一些会议。我住在图书馆酒店——纽约公共图书馆附近的一个以图书馆为主题的私营酒店。所有的房间都按照杜威十进制分类法编号，并配备了相应的书籍。（我住在管理类600.003，没有什么吸引人的。几周前丈夫住过的是哲学房。）

这是一个鼓励吃、喝、睡（当然不包括吸烟）的"图书馆"。

评论

  我记得人们甚至在图书馆这种神圣的地方吸烟,使用那种味道呛人、熏得人流眼泪的劣质烟丝,但是我没有见过书架间其他的放纵行为。虽然我们的图书馆里也有监控录像拍不到的可以睡觉的地方。图书馆再也不像以前那样安静了。我再也听不到图书管理员发出的"嘘嘘"声了。

——简-安妮·肖

  哦,是的,吸烟。剑桥大学图书馆的茶室在南院建立的时候,就有吸烟室了,就在一进门离柜台不远的地方。我想中间的玻璃隔断最终被摘下来了,屋顶被清理干净了,室内吸烟被禁止了。

  根据规章制度,在院子里吸烟仍然是被允许的。至于性爱,你必须悄无声息地做(第14条规定),不能使用任何会打扰其他读者或者分散其他读者注意力的器具(第17条规定),不侵害任何人的安全和健康,不扰乱社会的安定,不破坏图书馆财产(第24条规定),不能脱袜子(第23条规定)。

——理查德·巴伦

  我相信,"多年前"没有哪个图书馆允许吸烟。图书馆每一个角落都安装了自动喷水灭火系统,就算烟本身对书籍没有什么损害,水就不同了。20世纪70年代初期的时候,有一次,我在格里菲斯研究所(牛津)的图书馆里点了一支烟,马上就有小股水流开始喷射,但是幸运的是灭火系统被及时关闭了,没有造成任何损害。如果图书馆允许人们吃东西,那必须保证每天都能彻底清扫,以预防害虫的侵袭。许多人在座位上打瞌睡,我过去也常常这样。E.O.詹姆斯以前去格里菲斯研究所图书馆时常带一个闹钟,以防自己睡过头。

——安东尼·阿尔科克

没有纳税人资助的我们,正好相反,嗯,我们就是纳税人,很容易想象没有西文过刊全文库的生活会是什么样子的,因为我们正在这种经历中。

——马克

20世纪50年代,在哈佛的怀德纳图书馆、霍顿图书馆(或者任何其他图书馆)里总是充斥着尼古丁的味道,这种吸烟的习惯直到今天还没有终结。我怀疑几乎是没有任何改变。我要指出的是,有一次我闻到了烟草的味道,好像是来自于一位很有名的教授的小隔间(图书馆的每一层都有很多)。

——詹姆斯·韦德

学生占领剑桥大学的行政楼

2010年12月1日

我写这篇文章的时候,已经是学生占领剑桥大学行政楼的第6天了。更准确地说,他们占领了院士休息室。这是一个明智的决定。这个房间很大,有很多舒服的椅子,还有一个尚存争议的电梯。在这个大学工作的大多数高级教职人员都会来这里,尽管他们没有时间在这儿喝咖啡/吃午饭。

他们正在抗议"学费陡增、预算削减"这两个问题。我站在他们一边吗?

哦,从一方面来说,当然。政府的举措会给高等教育带来什么?会对那些不太富裕的学生上大学的机会产生什么样的影响(学生联盟对于"一次性付清学费没有什么"感到极其愤怒,如果必须背上3万—4万英镑的债务才能来上学,那可能的结果就是学校会失去很多自己中意的学生)?尤其是对艺术和人文学科的发展力度会产生什么影响(这两个学科在供需模式下无法成功地运行)?如果学生(以及带有前瞻性的六年级中学生)连这都看不出来,那就更让人着急了。所以,是的,他们这样吵吵闹闹是对的。

任何人看到学生们在院士休息室所做的事情都会禁不住被感动:素食饭菜、诗歌阅读、提升讲座、艺术电影,还有许多论文写作。就这些方式而言,这简直就是学生抗议的模板,让我们期盼这种方式能够继续下去。如果我再年轻30岁(并且不用每周教20小时的课),我也会成为他们中的一员。

我唯一担心的是这样做到底能取得什么样的成果,谁会被说服去相信什么。或者更通俗地说,学术界总的来说应该做些什么,能够让自己对政府目前行为所造成损害的抗议更有效地表达出去。

学生们正在竭尽全力说服学校的领导。但是,总的来说,学校领导和学生们想的大体一致(即使他们是使用不同的方式去表达的)。此外,任何领导都不可能完全赞同学生的全部要求,例如那封信(信中说"大学宣称它永远不会私有化"……

永远不要说永远）。有趣的是，教师们所写的支持信（我也刚签名了的）远没有做到支持学生宣言的全部目的：这些信件要求校方"记录"学生的各种要求，要求校长出面对当前政府这种毁灭性的议程表示抗议。

但是，另一方面，学生们应该做些什么呢？如果他们在市中心举行一场小规模的和平游行，然后回到自己的寝室，这样政府才会拍拍自己的后脑勺，慈心大发地承认市民和平抗议的权利，然后对大家反映的问题给予重视。

所以，正确的答案是什么？我不知道。电视辩论里就改革对于艺术和人文学科意味着什么（走向死亡是这个问题的答案）说了些不错的观点……但是我们的发言人看上去确实属于软弱无力的"牛剑"类型。

我们中一些人也的确给保守党麾下的《每日电讯报》写了一封信，要求对"高等教育的未来"进行公开调查，并且弱弱地阐述了"极度的不安"。让我们祈祷有人能读到这封信吧。

评论

我们所听到的学生发言中没有一个人对英国的经济状况提到一个字。这特别像1947年至1950年期间司令们召集上千军队、警卫部队、武器等部署在帝国周围，以维持我们世界老大的位置（原文如此），完全不顾国家在技术上已经破产这个不争的事实。

——彼得·伍德

听到同学们在院士休息室写论文，我非常高兴。我收到了一份报告，该报告称亲眼看见有些人在牛津大学拉德克里夫图书馆里满是书的桌子上跳踢踏舞以及做些其他愚蠢的事情，现场的人们根本没法继续工作。

——奥利弗·尼科尔森

"我唯一担心的是这样做到底能取得什么样的成果。"这句话说得有失道德标准。有时即使什么也得不到，也有必要做个姿势。还记得那个寓言故事吗？一个女人在枪林弹雨中用胳膊给自己的孩子挡子弹。乔治·奥威尔（George Orwell）在他的小说《一九八四》（Nineteen Eighty-Four）中论述了这个故事。那个姿势即使什么也改变不了，但是那样做是对的。

——DOCTORENO

学生占领：困境

2010 年 12 月 5 日

好的——就像《泰晤士报文学增刊》的编辑和其他人在我上一篇帖子后面所指出的那样，有太多教学工作要做不能成为我对母校里学生占领事件撒手不管的借口。（"当革命需要你的时候，你在哪里，比尔德？""我在教书，先生……"）

但是这正是这种政治行为一个矛盾的地方。

我的意思是，如果学生抗议（在某种程度上）是为了将艺术和人文学科从黑暗势力中拯救出来，那么放弃教授这些学科，只是加入院士休息室的队伍当中将是自我毁灭性的行为。

尤其是本周，我与我亲自教的三年级学生一个一个地会面，同时检查他们毕业论文的写作情况，这些毕业论文都是我指导的，然后在日程表中挤出本学期最后一次指导每一位同学论文写作的时间，确保那些哲学硕士及时收到第一份改好的论文。（如果你听到哪位爸爸或者妈妈抱怨他们的孩子在大学期间没有得到老师亲力亲为的传授，不要相信，至少在剑桥古典学系不是这样的。）

无论如何，这件事还与我们学院初级研究员职位竞选碰到了一块儿。为了这次竞选，我们要开一连串的会议。我们要仔细阅读218份入职申请，然后从中选出少于20份进入下一轮筛选（最终我们只能提供一个职位）。你们可以自己计算看看。假设我在每份申请上只花10分钟的时间（这将是最快的节奏了），这将花掉我足足36个小时。实际上确实如此，甚至比36个小时还多。

还有其他奇怪的违规之处。其中最严重的是占领行为所暗含的违法犯罪的本质。

我再说一遍，从政治的角度而言，我绝对站在学生的一边，因为他们支持的一些原则正是我所坚信的。我希望学校对他们从轻发落，能够坐下来和他们谈谈目前的问题和我们所面临的困境。因为学生是我们最好的盟友。

但是，尽管如此，如果你认为（就像我的一些同事所想的）利用任何惩罚或法律手段进行威胁仅仅是执政当局对无辜人群的一种压迫和报复行为而已，这也是不符合逻辑的。

毕竟，学生们是在违反习俗、规则和法律的情况下占领了一个地方。这才是重点。无论如何，对于允许你去的地方（例如大学学生公用室，或者学生会），你绝对不会"占领"。占领行为"不得不"是违法的，所以必然会引起行政当局和警方的注意（是的，甚至威胁），然后他们不得不明确宣称违法行为正在发生。否则，这就像一次彻夜狂欢，而不是抗争。

换句话说，行动和反动、抗争和惩罚之间有一种共生关系，而这种共生关系在如今许多对行政当局强硬路线的痛苦呐喊中却听不到了。

这让我想起来了我的儿子。他在中学六年级的时候逃学去参加抗议伊拉克战争的游行。对此，我感到十分骄傲。然后学校打电话来，说他没请假就旷课了。

我说，是的，我希望你们能惩罚他。对方回答说，不会，他很真诚。

我想，无论真诚与否，都要从这件事中学到点什么。如果你想要反抗，可以，但是你必须承受个中的苦楚，否则这也太零风险了，而你也会在用心良苦的家长式作风中窒息。（去吧，现在去游行吧／占领母校，只要你是"真诚"的。）

在我儿子这件事上，我可能应该让他罚写 500 遍"布莱尔先生参与伊拉克战争事件是错的"。我认为这种情况下 500 多遍可能是合适的惩罚。

对我的学生，我会拍拍他们的后背，办个派对好好鼓励他们一下。然后我可能会要求他们每人打 20 个小时的筹款电话，为艺术和人文学科筹集资金，或者给以前的学长写募捐信，并且解释为什么他们要占领母校，为什么这样做对他们来说意义重大，为什么一点捐款能够有助于问题的解决。

这叫作为"犯罪"量身定制"惩罚"。

评论

  德国的大学里有与众不同的宣讲会（大学师生就政府有争议的政策等进行的不间断辩论），讨论是哪些事件造就了神圣的 1968 年。那些在西柏林（那时候是这样叫）参加第一轮关于 1966 年事件讨论的人必须听鲁迪·杜契克（Rudi Dutschke）关于反权威主义的讲座。我后来认识的一位女士，她参加了其中一些讲座，她告诉我在这种革命性的会议上，男孩们要求女孩们把咖啡和三明治准备好，并且负责之后的清洗工作。

——安东尼·阿尔科克

黑人孩子能进入剑桥吗？

2010 年 12 月 7 日

  我承认，我逃到罗马（美国学院）来了。我的想法是来做一些研究，做点我的本职工作。事实却是，在过去的 24 小时里，我大部分时间都在回复电子邮件和写推荐信。

  我离开剑桥后，学生们也停止了对行政大楼的占领。（他们做得很好，让我们大家都关注到，如果政府的议案得以推行，艺术和人文学科会变成什么样。）此时《卫报》揭露了进入牛津剑桥的黑人学生是如此之少的状况。

  我能再支持一下我们的学校吗？如果是一个明智的人，他绝对不会认为去年牛津和剑桥的 21 个学院都没有招收黑人学生。但是在我们沿着"牛津剑桥的势利小人对这个国家的大多数普通孩子都不感兴趣"这个思路走下去之前，我们可以先停下来思考一下吗?对牛津和剑桥的抨击通常只是一个方便的托词,这样就不用费脑筋去反思更大的问题了。抨击牛津和剑桥教师们的种族主义,比解决国家教育体制中存在的重大问题更容易一些。

让我谈谈我的看法:

1.《卫报》引用的数据仅仅是关于黑人学生的,而不是关于"少数"族裔整体情况的……亚洲的、中东的等。在剑桥,加勒比黑人学生的数量的确少得可怜,但是其他"少数"族裔的情况却不是这样。很明显,不同的学科情况有所不同,但是剑桥绝不是一个只属于中产阶级白人的地方。根据申请者的比例来衡量,我所在的学院(纽纳姆)在黑人学生的数量上表现欠佳,但我不能接受"感觉"都是白人的说法。

2. 数据并不像它表面看上去那么简单。当提到"入学"时,变量并不是单一的(无论记者如何假装是单一的)——你需要把种族因素与阶级及学校/教育背景等因素相关联,然后你才能开始理解真实的情况。根据这个理由,夸西·科沃腾(Kwasi Kwarteng)(伊顿公学和三一学院的黑人毕业生)就能体现种族多样性了(的确,但这并不完全是我们大多数人所指的那种"入学")。

3. 对于这些数字,我们还有其他的方面需要考虑。正如《卫报》的文章所指出的那样,超过 2.9 万名白人学生获得了 3 个 A 或更好的高级水平课程考试成绩,但是只有不到 500 名黑人学生取得这样的成绩。(但是他们中的 50% 都申请了牛津剑桥,相应的白人中只有不到 30%。)还有一个因素是学科偏见,因为黑人学生全都跑去申请最具竞争力的学科。(尽管这又有点棘手:古典学申请者比其他大多数学科都要少,但这并不意味着它是特权者进入牛津和剑桥的后门……选择拉丁语和希腊语的孩子们无论背景如何,都是为自己的未来做了"预先选择"的。)

4. 我不得不说,我还没有在剑桥大学的招生中遇到过种族歧视,一点儿都没有。我知道可以用制度上的种族主义是无形的来解释我为何注意不到它。但事实是,我们确实接受了关于面试的培训,以确保我们在面试中不会歧视学生。这所大学有一项伟大的举措:GEEMA(鼓励少数族裔申请剑桥大学项目组),很多人花了很多时间在这上面。"牛津和剑桥搞种族歧视"这种过于简单的结论只会使他们的工作更加困难。

我认为《卫报》的报道失实。

评论

黑人孩子能进入剑桥吗?不像白人孩子那么容易。

——迈克

我在剑桥大学格顿学院(Girton)的时候,那里有各种肤色的女孩。作为一个来自约克郡(Yorkshire)的农场女孩,我可能比她们更有异国情调。

——我们的萨利

圣诞礼物猪

2010 年 12 月 25 日

圣诞节这天早上 8 点,我把火鸡放进烤箱并确认安全后,才开始拆那些堆放在圣诞树下的礼物。(昨天晚上,烤箱的电子时钟出现了一点儿小问题,导致烤箱无法启动。我们开始考虑能不能把火鸡切成片放在烤架上烤,但是摆弄了一阵烤箱按钮后,问题解决了。)

不过有一件特别的礼物已经影响了我们的生活。

上周五我在罗马出差时,丈夫给我发短信说,我们收到了一件意想不到的礼物,目前已经送达学校。但是这个礼物有点棘手,它是一头乳猪,冰箱放不进去……素食者,请不要继续阅读。

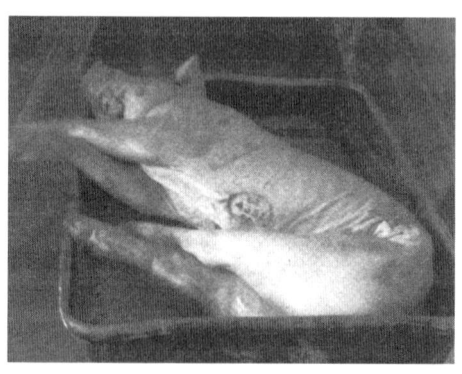

如果我早知道天气能一直这么冷,就直接把它放在院子里,过一周之后直接烹饪吃掉了。(当然,即便可行,还有一个难题就是烤箱能不能装下。)但出于稳妥考虑,我决定找一个大冰箱来存放它。于是,我给肉店(由沃勒父子合开的,口碑特别好,位于剑桥维多利亚大道)打了求助电话,周末就放他们那儿了。

但是接下来怎么办?显而易见,答案是放在学校里。所以从意大利回来后,我开车取回了猪,把它带到纽纳姆。问题是,尽管餐饮部经理愿意接纳这头猪,但是厨房在12月23日到1月5日之间完全关闭,10号之后又会没有地方存放它。所以如果我们打算在节日期间烹饪它(怎么烤?),就会面临着无法拿出来的问题。

然而,在这样的小镇上生活几十年的好处之一是:你总能找到一些朋友,他们的单位里有大冰箱和大烤箱。我向朋友安德鲁和乔(夫妻,属于剑桥西德尼苏塞克斯学院)说明这个情况后,很快就了解到,院长官邸这些设施应有尽有,大冰箱和大烤箱,而且新年当天一律免费。可以等到那一天来烹调和享用这头猪。

所以我开车把猪从纽纳姆带到西德尼。在那儿,大厨给我和乔上了一课——在烹饪之前需要多长时间给他(她?)除霜,以及需要把燃气开到多少度等。我们都准备好了。

事实上这头猪不仅让我像准备一个生日派对那样忙得团团转,而且它还在镇上制造了广泛的影响。我一进大学,他们就会问我猪怎么样了。当我走进沃勒父子的肉店里去买火鸡时,一个店员说:"安德鲁期待着吃乳猪呢!"他是怎么知道的?他原来是西德尼学院的代理领班……真是到处都在提这头猪!

所以非常感谢这位半匿名的捐赠者(帕特里克xxxxxx,你真是一个明星!),以及所有提供帮助的人(尤其是乔和安德鲁)。

在其他方面，圣诞节即将来临，我们甚至在新浴室里放了一棵小树。

政府的请愿有什么不妥吗？

2010 年 12 月 28 日

今天早上，我们在餐桌旁听到关于政府一项新噱头的吹嘘和宣传——网上请愿将成功地进入议会辩论环节，甚至有可能形成一项法案。工党议员保罗·弗林（Paul Flynn）对此说了一些明智的看法。但正如丈夫指出的那样，很遗憾工党在最初提出这项电子请愿的想法时没有更明智一些。毕竟，从一开始这就是他们的噱头而已。

那么这个想法有什么问题呢？

首先，它是一种民间力量的表象，一种被吹捧为真实的替代品。大规模的电子请愿看起来好像是还权于民。但实际上，它更有可能是给会用电脑的人一个发泄的机会，他们有时间，还有利斧（他们明显是"人民"当中性格扭曲的一小部分人）。请记住，《今天》节目为何停止了年度人物的竞选，那是因为各种各样特立独行的运动使各种各样的怪人排在了名单的前列。

其次，在立法活动方面，它正把我们引向错误的方向。我们需要的是更少的立法、更少的白皮书，而不是更多。也就是说，我们需要更清楚地意识到解决每一个问题的方法不是立一项新法律。这个电子请愿的想法有可能把我们都变成业余的立法者。

最后，它将政治的复杂性转变为利益集团（长期而言，它的作用是将权力从人民手中夺走，而不是把权力交还给他们）之间单一议题的竞争。当然，我们都想拯救动物，消除强奸，建立一个更好的公共交通系统。毫无疑问，会有成千上万的人会为这些事联署。但真正的政治并不是联署支持一些显而易见的好事，而是对这些好事进行权衡和挑选。对我们来说，这才是议会程序的意义所在。如果你仔细地研究一下加州"提案"体系这个失败的例子，就更能看清请愿模式的愚昧之处，这一体系起到的作用是使政府瘫痪而不是稳固。

我认为，到目前为止，这是显而易见的。

但是，快速浏览一下唐宁街（Downing Street）的"请愿"网站，你会感觉更加沮丧，不过是出于完全不同的原因。

首先，在实践中，这种政府的噱头是否会有很多人响应，目前还不清楚。除非这个网站在圣诞节期间出现了小故障，否则根本没有正在进行中的公开请愿（也许人们已经厌倦了工党的噱头）。

我数了一下，自 2007 年以来，在已结案的请愿中，只有 8 项有超过 10 万个的签名，这个神奇的数字将使它们能够进入议会讨论。其中三项是关于燃料和其他汽车问题（即便没有请愿，我认为这些问题也不会被忽视，国会议员也不是吃白饭的）；有一项是关于建立军事医院；另一项是关于将阵亡将士纪念日（Remembrance Day）设为公休日；还有一项是让红箭飞行表演队（Red Arrows）在 2012 年奥运会上表演；另外两项是要求废除遗产税（128622 个签名）和废除建造"超级清真寺（Mega Mosque）"的计划（281882 个签名）。

目前，其中有一些请愿充分证实了我在这篇文章第一部分所描述的论点。我不知道是什么游说活动推动了50多万名签名者想要在奥运会上看到红箭飞行表演队，但是正如政府相当痛苦的回应所表明的，他们并没有禁止红箭飞行表演队在奥运会上表演。

民众的指控是不正确的。政府并没有禁止红箭飞行表演队出现在2012年伦敦奥运会上。伦敦奥组委将决定2012年开幕式和其他庆祝活动的内容。但是距离奥运会还有将近5年的时间，这些都还没有最终决定呢。

而且，就遗产税游说团体而言，正是这种单一议题的运动，阻碍了整体财政思维的推行。（那么，他们想在哪里找到可以"丢失"给政府公共资金的钱呢？）

但再仔细看一下网站，你就会有不同的观点。整件事都受到如此严密的监控，以至于只剩下被过度净化的"人民的声音"。最令人沮丧的部分是"被拒绝的请愿"列表——那些被认为是超出范围的、不值得作出回应的。这些请愿超过了3.8万项，超过了历史上被接受的所有请愿总和。

请愿者做错了什么？在某些情况下，他们谈论的是人们真正关心的事情，但是尚无定论或在首相的职权范围之外。（"在首相没有管辖权的法律案件上向他请愿是不合适的。"）或者他们写得太直白了。因为"语言是攻击性的、过激的，或者是煽动性的"，导致整个请愿都被砍掉。（嗯，攻击性是不对，但是我们的请愿不可以具有煽动性吗？）另一些被禁止是因为它们包含了网站的链接（就这么点儿新技术），有意思。或者因为它们"包含了政党政治内容"，嗯，这不是政治进程的一部分吗？

让人们有自己的发言权仅限于此。无论如何，我无法忍受这个噱头。如果一开始我真的认为它给了我们公众某种直接影响政治进程的权力，那么仔细看过这个网站之后我觉得我被欺骗了。

评论

据 BBC 网站报道，保罗·弗林的一项评论是："博客圈不是一个进行理性辩论的地方。它被痴迷者和狂热者所控制，我们看到的都是疯狂的想法。"知道政府和议会根本就不是这样的，这是一种极大的安慰。

——理查·德巴伦

群众力量在政治上的经典先例并不令人感到欣慰：难道不是群众力量以异端邪说的罪名（因为他说太阳是一颗比伯罗奔尼撒稍微大些的炽热岩石）将阿那克萨哥拉（Anaxagoras）流放，并迫使苏格拉底（Socrates）喝下了有毒的芹汁？

——大卫·柯万

请愿也许不是一个好主意，古老的贝壳流放法不错，值得试一试……

——汤姆·蒂利

第 3 编

2011 年

发推特还是不发推特？

2011 年 1 月 8 日

我刚刚注册了一个推特账户。许多人（包括一些评论者）都劝过我这么做。但是，最终我决定注册的原因却很简单。面对吉尔（AA Gill）对我的《庞贝》（*Pompeii*）节目的评论，和他写的那句"来自纽纳姆的人怎么可能了解阳具呢"（让他来纽纳姆吧，我说，欢迎你，吉尔先生！），菲奥纳·马多克斯（Fiona Maddocks）在推特上给了我一些急需的支持，我想要表示感谢，却找不到她的电子邮件地址，所以注册了推特。

很快我就发现有几个好朋友"关注"了我。

那么现在呢？从那以后，我就再也没有发过推特了。部分原因是我还不会用手机发。

但另一部分原因是我还没有想好要说什么。在那一分钟里，人们可能更感兴趣的是，斯蒂芬·弗雷（Stephen Fry）是否打算顺道去星巴克喝咖啡，但丝毫不会关心玛丽·比尔德喝咖啡的习惯是什么样的。

我设想过写些更加学术的东西，"刚刚在《纸草学与铭文学学刊》（*Zeitschrift für Papyrologie und Epigraphik*）上读到一篇关于 15 人祭司团的文章"，但不知道反响会怎么样。我被

"来自教学一线的信息"吸引了,夏洛特·希金斯(Charlotte Higgins)在发推上做得很好:"我在诺丁汉,X 教授刚刚提到罗马人不剪脚趾甲。"但可惜的是我最近没去听过任何讲座。

那又怎样?很快,我就要从开罗出发,前往埃及的一些罗马遗址(寻找罗马皇帝的画像)。如果你愿意给我一些关于推特应该写些什么和怎样写的建议,我会尽我最大努力去写的。

评论

只要你不自夸,不啰唆你刚刚刷了牙或者剪了脚趾甲,我就会一直关注你。

——苏珊娜·克拉普

罗马人和脚趾甲的想法让我笑个不停。(如果有人说了,我当然会发到推特上!)推特的关键是互惠。我把它作为一种传播信息、获取信息和与一群我经常见不到的(或者确实从未见过的)人联系的方式。这是通过链接传递或发现有趣的阅读材料的好方法。这就像在图书馆里举行的一场喧嚣的鸡尾酒会(正因如此,会让人分心)。不要在推特上说你正在为午餐制作一个煎蛋卷,这是我唯一的建议,除非你有非常酷的、不容错过的东西要讲。

——夏洛特·希金斯

推特对她而言缺乏智慧,
让我感觉一头雾水。
正如我发推给你时所用的智慧,

看看嘲讽你的，

这一小行文字才对。

——A. 丹尼斯

门农巨像？
什么时候涂鸦不算是涂鸦？

2011 年 1 月 12 日

我很久以前就想去看门农巨像。这是阿蒙霍特普三世法老（Pharaoh Amenhotep III）的两尊巨大雕像，从公元前 14 世纪起，它们就矗立在埃及南部卢克索（Luxor）附近的"神庙"遗址前。我特别感兴趣的不是它们在埃及悠久的历史。事实上，即使在埃及待了几天之后，我还会像以前一样分不清奈菲尔塔利（Nefertaris，拉美西斯二世王后）和奈费尔提蒂（Nefertiris，阿蒙霍特普四世王后），或者阿蒙霍特普（Amenhoteps）和阿肯那顿（Akhenatens）。当有人解释的时候，我也仍然摸不着头脑。

对我来说，这些雕像是很重要的，因为它们是过去罗马人的旅游景点。凝视着几千年前日耳曼尼库斯（Germanicus）或哈德良曾凝视过的雕像是很有意思的。不过必须承认我们不完全是出于同样的原因。在早期的罗马帝国中，有一尊巨像尤其出名，因为（可能在公元前 1 世纪的地震中）受到了一些破坏，上午石头的温度随着气温不断升高时，雕像会发出一种奇怪的声音，就像唱歌一样。罗马人说，这根本不是阿蒙霍特普，而是黎明（Dawn）之子英雄门农（Memnon）的形象。每天早晨，他都会奇迹般地唱歌问安母亲。或者说，大多数早晨他都会唱歌。当然也有一些不走运的游客没有听到过歌声。

罗马人喜欢这种声音，但也毁了这种声音。在2世纪，这座雕像被修复了，从此不再唱歌。

可以预见的是，也许这里的导游（从未听说过门农）会讲述一个大胆的新版故事：它们被认为是阿伽门农（AGAmemnon）的雕像，阿伽门农在黎明时哭泣。这样，新的神话就诞生了。

不管怎样，我早就知道，高端的罗马游客并不只是欣赏这种声音，他们还把溢美之词刻在雕像巨大的腿上。有一些著名的诗句，例如，在哈德良的宴会上，一位名叫朱莉娅·芭比雅（Julia Balbilla）的女士在雕像上刻了几行字迹已有些模糊的萨福体诗，以表达她对雕像的敬意。

我以前总是把这些称为"涂鸦"，但亲自去看过以后才发现这是一种错误的看法。首先，当朱莉娅·芭比雅到达罗马并听到雕像唱歌时，她不可能即兴创作出严谨的萨福体诗。所以几乎可以肯定她是有备而来（这里没有什么即兴）。但是，只要看看雕像腿上的文字，就会发现这些文字都经过了非常专业的处理。它们大多都很整洁（根本不是一个业余的涂鸦者能做到的，而且即使是一个受过训练的人，也必须花上一整天的时间来完成）。其中一些即便考虑到地平面的变化也实在是太高了，踩一把椅子是不够的，需要的可能是一个迷你梯子。

这根本不是通常意义上的涂鸦，而是由一群罗马贵族委托创作的公开展览，把自己书写在著名的、半神话的埃及雕像上（或者，也可能是当地人为了纪念著名的外国政要来访）。

很有趣的是，我们接着去了位于卢克索的神庙（其中大部分也是由阿蒙霍特普三世建造的），并且看到了另外一种涂鸦，同样不像乍看上去那样简单。旅行指南强烈推荐去看（阿蒂尔）兰波（Rimbaud）的签名。这位诗人兼军火走私犯的签名位于最里面一个房间的墙壁上很高的地方，这表明在19世纪80年代兰波来此游览的时候，地平面有多高。

旅行指南没有提及的是，在几英尺之外的一根柱子上还有一处兰波的签名。这引起了一些怀疑。兰波真的去过卢克索吗？好吧，依据我在网上的研究，他当时确实在埃及，但只是在北方。除了兰波在神庙里的"签名"之外，艾妮德·斯塔基[1]（似乎认为卢克索在亚历山大附近）没有其他的证据。

最后以众所周知的例子结束这篇文章，那就是从拜伦开始，诗人们逐渐形成了将签名雕刻在古庙的传统。这不仅鼓励了古代诗人做同样的事情，还鼓励了粉丝们伪造所喜爱的诗人的签名，并将其恰当地雕刻在宏伟的古迹上。

或者谁有明确的、独立的证据表明兰波确实到过卢克索？

---

[1] Enid Starkie，曾写过关于兰波的传记。

评论

在《兰波传》(2000)中,格雷厄姆·罗伯(Graham Robb)认为,阿蒂尔·兰波可能在1888年到过卢克索,但签名雕刻的风格表明比这一时间要早,它也许是拿破仑1798年远征中的一名士兵留下的。至少还有另外两个也叫兰波的人,其中一个是沉船抢劫者。而阿蒂尔·兰波则擅长古典学,曾在罗萨特学校(Institut Rossat)获过奖。

——彼得·伍德

关于埃及和苏丹涂鸦有一个很好的信息来源是柯思马(Roger De Keersmaecker)的《旅行者涂鸦》系列(*Travellers' Graffiti*,10卷,而且数量不断增加):www.egypt-sudan-graffiti.be。

——玛丽·E. 布赖恩

大学、暴君和剽窃

2011年3月7日

我在华盛顿特区的时候看到了一些报道:霍华德·戴维斯(Howard Davies)因卡扎菲之子对伦敦政治经济学院(LSE)资助这件事辞职了。

我不得不说,当卡扎菲正在(又一次?)证明自己是多么可恶的时候,我对戴维斯深感遗憾。至少在过去的30年里,历届政府都敦促大学去寻求外部资助,但是这些资助中很有可能有一些来源可疑(或更糟)。

因为事实上,那些赚了好多好多钱(会为大学提供大量资金)的人往往不是特别好。当然也有例外,但你懂的。

当然,资助的人各种各样,从罪犯到冷血的人。一端是卡扎菲们、军火商和骗子(如果你愿意的话,也可以是烟草公司)。另一端是那些有出色想法或及时注册专利发明并将其投入市场加以开拓的人。聪明的想法本身并不能使人富有,聪明的想法与垄断市场的能力结合在一起才行。

让大学(或博物馆,或其他什么)追逐那些亿万富翁——丈夫称之为有执照的乞讨——你迟早会发现它们在接近另一个卡扎菲。事情发生后对其指指点点是虚伪的。(我不确定道德筹资是否比道德外交政策更可行。)

我对这件事感到很矛盾。一方面不想和它有任何瓜葛,并且认为我们应该适当地利用公共资金资助大学等机构(不管它是否在道德上存在一定的问题)。另一方面则认为,把从坏人那里得到的钱花在好的事情上可能是值得肯定的。我当然怀疑剑桥大学许多学院的创始人获得资金的方式是有问题的,但几个世纪以来,我们将这些不义之财使用得很好。在某种程度上,这是一种道德转变。

另一个问题是对卡扎菲之子博士学位的关注:是否剽窃?当然我所知道的还不足以判断,但周五《卫报》上洛德·德赛(Lord Desai)的一篇文章让我吃了一惊。作为博士评审人之一的他写道:在那个阶段(指他评审时),没有人对论文的作者身份或是否剽窃提出过质疑。

我一直认为,确定作者身份和原创性是博士评审人的工作之一。

评论

> 玛丽，我本以为你会提到韦斯巴芗（Vespasian），"Pecunia non olet"（金钱不臭）。
>
> ——马里恩·戴蒙德

> 关于剽窃最可鄙的事情是，当需要与卡扎菲保持良好关系的时候，没有人在意这件事。但是，当人们都突然可以谴责他的时候，人们就对他儿子的不诚实道貌岸然地群起而攻之。
>
> ——鲍勃

英国电影与电视艺术学院奖和艾美奖

2011年5月12日

我有一个好消息，我参与的《庞贝》节目（由布雷夫新媒体公司和莱昂电视制作公司协同BBC制作）入围了英国电影与电视艺术学院奖（最佳特别纪实节目类）的候选名单。无论下一阶段会怎么样，这对我们所有参与的人来说都是好消息。这是一个让人安心的确认，人们可以真正欣赏有关庞贝的节目，其主要内容不再是计算机生成的火山爆发影像，也不是在重建的罗马酒吧里，B级女演员穿着暴露的罗马服饰、倒着费乐纳斯酒的场景。

是的！节目的主角是我和安德鲁·华莱士-哈迪尔（Andrew Wallace-Hadrill），我们在真正的古老下水道里，谈论着真正的古老粪便和它可能透露的历史秘密。古老的世界是亲近的，没有那些令人分心的虚饰。

不管怎样,这意味着我可能会在本月晚些时候参加颁奖典礼,最终的获奖者将在典礼上宣布。我将在众星云集的典礼上扮演一个爱当明星的学者。来参加典礼的有许多肥皂剧大明星,包括《唐顿庄园》(*Downton Abbey*)的主角们,还有斯蒂芬·弗雷。(我很快意识到,"最佳特别纪实节目"与"喜剧"相比微不足道。)

儿子和女儿觉得这机会给我就是浪费,因为我根本认不出几个明星,出席典礼简直是糟蹋这次机会。(我最近甚至连《急诊室》都没怎么看,以前这是我每周必看的医院肥皂剧。)

但是,如果以我们在艾美奖颁奖典礼上的经验来判断,这次出席活动将会很有趣。几年前,我们应一位负责艾美奖颁奖典礼的朋友的邀请出席了这一盛事。除了玛丽·泰勒·摩尔(Mary Tyler Moore)、蒂娜·菲(Tina Fey)以及《深夜秀》(*The Late Show*)之外,成百上千的名字、面孔和获奖节目对我们来说几乎完全是难解之谜。

它持续了好几个小时,我特别担心的是丈夫可能一点也不喜欢,因为他对肥皂剧(尤其是那些以美国郊区为背景的肥皂剧)的宽容比我要少得多。然而,实际情况却恰恰相反。我们都被它的精心设计和整个令人眼花缭乱的场面所吸引,典礼过后就是庆祝晚宴了。

所以我对英国电影与电视艺术学院奖抱有很高的期望,不管能不能获奖。

评论

> 演讲！演讲！
> 天啊！我如此
> 震惊，以至于我的
> 心几乎
> 停止了跳动，
> 我的腿
> 就像果冻一样，
> 我的声音
> 几乎失去，
> 但是感谢你们
> 如此热情，
> 如此温暖……
> 天啊，
> 赞美
> 送给"丈夫"、
> 工作人员，和
> 全能的上帝。
>
> ——A. 丹尼斯

"严重"强奸罪的刑期？

2011 年 5 月 19 日

最近一轮的"强奸辩论"最终归结为强奸犯应该被关多久，这让人倍感沮丧。大家认为这种犯罪越严重，强奸犯在监狱里被关的时间就应该越长。为什么？

早上，在《今天》节目中，维拉·贝尔德（Vera Baird）抨击了一项提议：认罪的强奸犯应该减少 50% 的刑期。她的论点是，如果强奸犯的刑期平均是 5 年，那么 50% 的减刑就意味着 2.5 年，算上良好行为的减刑，将意味着只要服刑 15 个月。仅仅 15 个月，她说……强奸？

这里有各种各样的因素需要权衡。正如肯·克拉克（Ken Clarke）所指出的，这个平均刑期把那些被判"法定强奸罪"的人也统计在内了。他们因为与 16 周岁以下的人发生性关系而受罚，不管对方是否自愿。所以这个平均 5 年远低于真正的"平均"数，根本是错误的数字。

我们先暂且不管其他数字，就讨论 15 个月的刑期是不是公平的惩罚。

人们对待强奸犯的心态是"把他们关在牢里就好了"，殊不知上述讨论是这种无望的误导的根源。现在大多数网站都谴责"强奸犯应该在 2 年内被释放"的想法，更不用说强奸犯只被关 15 个月了。

没有人提及的是，在牢里关 15 个月，这意味着完全失业，家庭关系很可能变成一团糟甚至解体（这是对他们的惩罚），以及一个本来只是做错事的人却变成了一个惯犯（这是监狱所做的）。干得好，司法系统。

难道我们就不能想出更人性化、更好、更精心的设计来阻止他们再这样做吗？难道我们不能为受害者，也为行凶者想出更好的办法吗？

现在你可能会说："如果被强奸的人是你，你就不会这样说了。"让我说吧,我被强奸过,这是几年前我在《伦敦书评》(London Review of Books)中谈过的发生在意大利火车上不愉快的遭遇。在克拉克方案中,这仅次于最严重的案件,绝不属于较轻的范围。我不得不说,我同意他的观点,即这一罪行有等级。但是我没想过要去报警。假设报警的话,我也认为强奸我的人与拿着枪或刀扑向我的人相比,罪行要轻。(我从未感到过致命的危险。)

假如提出指控,我也不想让那个家伙被关起来。我真的很想让他不要再犯类似的错误,如果有机会也想告诉他:他是一个多么愚蠢的人,但我认为我不想毁了他的生活,因为他最终没有毁掉我的生活。

我知道我可能在很多方面比其他强奸受害者更坚强,但这并不意味着我的观点不应该被听取。让他在监狱里待上几年,那不是我的梦想或愿望。我更希望他能长期在破旧的意大利小镇捡拾垃圾来度过每一个周末,或者在意大利的城市规划中免费提供他的技能(他是一名设计师),或者只是说一声对不起。(如果那个饼干厂的设计师正在读这篇文章,他仍然可以说对不起……)

但总的来说,现代社会总是拿监禁来说事儿,这让我们很担心。这真是糟糕的一周。《今天》节目还透露:如果因为超速扣分,然后又去找别人替代你扣分,那么最高量刑是终身监禁(这是妨碍司法公正的行为)。

我们都失去理智了吗?

评论

我必须说，我觉得很难接受这篇博客。你的意思是，如果一个罪犯让他或她的受害者感觉自己受到了致命的威胁，才应该蹲监狱，如果只是让他们感觉被羞辱或被迫害了（这些感觉你可能没有，但许多强奸受害者都有），即使这种精神创伤几十年后还会使她或他在愤怒中惊醒，仍然不需要一定的惩罚？

——约瑟芬

没有赢得电影与电视艺术学院奖（……啥？？？）

2011 年 5 月 23 日

昨晚是电影与电视艺术学院奖之夜。我参与的《庞贝》纪录片入围最佳特别纪实节目类的候选名单。因此，我们都盛装打扮，去参加在格罗夫纳酒店（Grosvenor House Hotel）举行的颁奖典礼。

不用说，我并不是这类活动的常客，而且发现自己对这整个华而不实的现场安排既充满了钦佩，又充满了厌恶。在我们开车去颁奖总部走红毯前，在多尔切斯特（Dorchester）的酒吧里，我遇到了我们团队的部分成员（理查德、卡特琳娜和黛西，这是黛西产后第一次外出活动——记住，女士们，这是多么美妙和紧张啊！）。

这就是钦佩和厌恶的开始。你从车里刚一出来，引座员马上就能告诉你"朝向左边"还是"朝向右边"。左边是媒体记者，他们的相机在捕捉明星，右边是可怜的公众，他们真的是来看明星的，却看到比尔德等人走过。

钦佩吗？嗯，这些人太厉害了，立刻就知道你是否值得拍照。厌恶吗？好吧，我显然有点不太适应这种明星文化。

在喝了一杯香槟之后，我和新老朋友们一起坐在了BBC电台的桌子旁——包括汤姆·休-琼斯（Tom Hugh-Jones），他是我剑桥同事的儿子，制作了《人类星球》（*Human Planet*），也在最佳特别纪实节目中被提名。我们一直等待着，直到我们这个类别的奖项宣布（"电影与电视艺术学院奖授予……"）。

我们没有获奖。

现在让我实话实说吧。如果我们赢了，我会很高兴，甚至会喝很多香槟酒（不介意上午9点钟还有课）。我还会祝贺团队中其他成员的成功，这可是他们的专业奖。我想，得到电影与电视艺术学院奖有点像在我本职工作中成为不列颠学会会员（FBA）。

但我失望吗？现在回想起来，我不这么认为。当然，整个场合都让你想要赢。（这更像是学术工作申请。当你年轻的时候，你可能会申请它们，只是作为一个练习，而不是期望得到它们。但是一旦你完成了申请，你会发现你已经投入到整个事情中了。）

但几分钟后，我就感到如释重负了。

我想，这不过是我的第一个电视节目，能够获得电影与电视艺术学院奖提名就已经很棒了，真是太棒了。实际上如果赢了，那将会有一点不同。我的意思是，我希望能更严谨地做一些受欢迎的和有个性的学术电视节目。我怎么能第一次涉足该领域就获得电影与电视艺术学院奖呢？它一直不都是杯毒酒吗？

谢谢大家！我想我已经得到了我想要的肯定（事实上，高于认可，低于傲慢）。下次我会努力做得更好。

评论

啊，但是这就像挑选橱柜，你必须对生产商严格把关，坚持做到不分心，不受愚蠢的声音、不必要的音乐和无休止的关注等的影响。你必须准备好，如果条件不满足转身就走。学会说"不"（Entsagen Du, sollst Du entsagen）！

——彼得·伍德

我没有看过比尔德的电视节目，我也不知道这些奖项的评判标准，其中涉及很多技术／艺术因素，但通过对掌握到的节目信息进行判断，我觉得可能是因为内容中存在着某些很明显的学术疑点，从而降低了它获奖的机会。比尔德通过她常用的逆思维方式表明罗马人不爱清洁，整个公共浴室在现实中比我们想象的脏得多。人们漂浮在油的浮渣当中（让人想起那些快乐的战前英国预科学校的日子，那时候很容易在公共浴室找到漂浮的大便）。为了支持这一观点，她还指出排水系统如此缺乏，水如何能保持清洁等。她还提到，街道上到处都是垃圾和排泄物。我相信她也看了现代的那不勒斯（Naples），观察到了那不断困扰着这座城市的垃圾处理问题。但我不禁认为，所有这些都不过表明了比尔德在研究方法上的天真之处。因为在五分之三的人都是奴隶的社会里，他们一定能找到某种生物来清扫街道。

——真理之王／罗纳德·罗杰斯

年轻人的思想……不雅的部分
（在阿里斯多芬尼斯的作品中）

2011年6月4日

我非常赞同"妈妈网"（*Mumsnet*）的观点，即有些东西对小孩子来说确实是很可怕的，比如过于性感的服装……我真是难以想象6岁孩子穿着一件衬垫式比基尼或一件胸前印着"有空来找我"的粉色T恤（尺寸适合18个月大小的孩子），这些设计者的脑子到底怎么了。

但是，在今天早上的广播以及《卫报》的报道中，戴维·卡梅伦（David Cameron）比莱格·贝利（Reg Bailey）走得更远，他主张禁止儿童不宜的服装（以及其他许多对孩子来说不合适的东西），对此，我不敢苟同。首先，这一禁令究竟如何才能推行？严格执行九点前不能播放少儿不宜节目，这很好，但是当任何一个有自尊心的5岁孩子都可以在他/她电脑上随意使用iPlayer的时候，这样做到底还有什么意义呢？（而且，对9点后播放节目制定的规则也相当奇怪。我们的《庞贝》纪录片是9点后播放的节目，它究竟哪里腐蚀年轻人的思想了？）

随之而来的是，人们将不停地争论这个或那个商标是否过于性感，然后诉诸法律，付大笔的诉讼费。正如弗兰基·霍勒德（Frankie Howerd）和肯尼斯·威廉姆斯（Kenneth Williams）所指出的，如果你足够努力的话，几乎语言中的任何一个短语都可以变得性感。

但无论如何，实施禁令（或者是将成人杂志包上棕色包装纸袋）难道不都只会让孩子的好奇心有增无减吗？

在我大约13岁的时候，阿里斯多芬尼斯（Aristophanes）作品中不雅的部分就是这样处理的。好吧，我在学校花了一年左右时间阅读这位特别的希腊喜剧诗人的作品，才弄清楚为什么明明行号标着从1205到1210，但书上却只剩下三行诗，原来这并不是文字传承过程中的问题与缺失，而是维多利亚时期某位保姆式国家的编辑删掉了几行可能会腐蚀思想的诗句，它们与性（或者偶尔与臀部）有关。

这些内容因为删节反而更有吸引力。所以，我们一旦有机会去有着一个更大古典学图书馆［感谢《拉丁语初级读本》的作者：著名的肯尼迪（Kennedy）博士，以及其他一些人］的男生学校那里，就会冲向那些完整的、少儿不宜的未删节版本，并且和男孩子们一起仔细研究，俨然从事学术研究的"医生和护士"。当然，这对我们的希腊语学习是极其有好处的，但这并不是删节的目的。

当然，你一定认为，学校附近出现过于性感的服装和标志与古希腊剧作家作品中不雅的内容不是一回事。从某些方面来说，它们不是一回事，但是就另一些方面而言，它们是。它们都以各自不同的方式，很好地诠释了我们所接受的"禁止它"（BAN IT）文化。如果你不喜欢某件事，甚至如果你认为它的存在会伤害年轻人的思想和身体，那么禁止它——好像这是有效的，并且是唯一的解决策略。当然，如果不赞成这样的事情，我们是足够聪明来想出其他办法阻止它们的（就像本周最终发布的那份明智的毒品使用和滥用报告中建议的那样）。

该问题的处理方式并不是在所有文化中都一样的。当我们的孩子还小的时候，我们经常会在夏天时去希腊的村庄里住上一个星期，那里有一个很好的露天电影院，通常放映带有希腊字幕的英国/美国电影。那里的电影不进行任何形式的分级，但其中有很多标注18周岁以上观看。村子里10岁以下的孩子倾向于坐在前排，享受着他们的可乐和冰淇淋，而那些做爱、乳房和臀部等直白的画面就在他们面前的屏幕上闪过（他们听不懂电影里的对话，也读不懂屏幕下方的字幕）。也许这正在对他们造成难以估量的伤害。但谁知道呢？至少我们不这么认为。事实上，大多数的小孩子对冰淇淋的兴趣比对屏幕的兴趣大得多（基于这样的法则：在你对一件事感兴趣之前，你必须开始了解它）。

目前，希腊在现代欧洲并不是一个模范国家，但是它在孩子看电影的这件事上处理得很对。

评论

有趣。你对"种族主义"/"性别歧视"也有同样的感觉吗？

——罗杰·皮尔斯

幸运的是，你们去的不是土耳其电影院。我想起在那里看过一部恐怖的电影（在迪亚巴克尔一个炎热的夜晚，许多家庭在一起露天观看）。影片中的坏人们用套索套住骑在男主人公肩膀上的小女孩脖子，然后将绳子绕过房梁，接着用拳头猛击这位父亲的肚子。我再也看不下去（这是东道主们司空见惯的娱乐），但还是没有错过结尾一段：已经成年的女儿拿着缓刑令赶到之前，男主人公已经被处死了，临死前还朗诵着法提哈（在热烈的掌声中）。

——奥利弗·尼科尔森

"阿里斯多芬尼斯的许多笑话都建立在对性行为的生理学和心理学详细了解的基础上。我对这些笑话的解读要比至今为止的惯例简单得多。其中一个原因是,不管上个世纪的情况是怎样的,现在很明显,如果一个人的年龄足够大到可以研究阿里斯多芬尼斯,大多数情况下他已经对性行为的主线和分支有了很好的认识。另一个更重要的原因是,我自己无法理解(除了以纯粹理解历史或人类学问题的方式),为什么大家认为培养青少年欣赏性行为中更为轻松的一面在道德上是存在争议的,而让他们了解演说家最恶心的政治和法庭上的欺诈却不会招来反对。"KJ.多弗尔,《阿里斯多芬尼斯:云》(牛津:克拉伦登出版社,1968),页码:viii-ix。

——泰伦斯·洛克

很早之前,拜伦就提到过"阿里斯多芬尼斯"效应:
唐·璜读的书都是最佳的版本,
而且经过了饱学之士的删节,
他们正当地抹去碍眼的部分
以保护青年学子的天真无邪;
可是,唯恐诗人被涂得面目全非,
而且痛惜于他们如此受肢解:
于是编了个附录把那一切收进,
事实上,也省得老师再添索引。
拜伦,《唐·璜》,第一章第四十四节。
(译者注:引自查良铮译本。)

——霍尔特·帕克

梦想学校进入教育事务委员会

2011年6月22日

昨天,我去了下议院,给教育事务委员会提供一些证词。委员会已经决定讨论在电视上播出的杰米·奥利弗(Jamie Oliver)梦想学校(Dream School)的办学经验,看其哪些地方值得学习,又有哪些教训需要吸取。我在那里教过拉丁语,但对这个讨论我最开始还是持怀疑态度的。我的意思是,这只是一个电视真人秀,虽然它可能引发了一些关于教育的有趣辩论,但它并不能表明全国范围的学校里正发生着什么,或者没有发生着什么。通过摄像机对20个青年男女和一群(相当亲近媒体的)假"老师"的拍摄,你就可以清楚地了解纪律方面存在的问题,这种想法真是太疯狂。

但实际上,后来我也没有那么担忧了。我以前从来没有来过教育事务委员会,尽管我在电视上看过他们。(好吧,下一个问题,当你把一台摄像机对准一群亲近媒体的政客时,会怎么样呢?)但我知道,许多人认为(仅次于上议院)这里是在议会程序中找到缜密和理性讨论的最佳地点。结果也证明是这样的。讨论花费了大量的时间(2个小时),议员们有合理的知识,做了必要的准备工作并听取了意见。

那么我们这些被邀请来的人表现得如何呢?首先,一些孩子接受了采访。他们的表现很棒。

如果你看过梦想学校系列中所有关于打斗、出言不逊和眼泪的镜头,那么这个委员会就是一剂解药。会上,孩子们清楚地、明确地、感人地作出发言——关于在他们眼中学校出了什么问题,以及他们现在希望做些什么。(其中一个绕着弯子责备小学,并希望进入新闻业;另一个打算获取儿童保育/青年工作资格;还有一个拿到了大学 IT 专业的三个有条件录取通知书……)看起来,在孩子身上像是发生了一个完全的转变,这当然不可能。他们内心里肯定一直都是这样的,只是等着这样的机会表达出来。

然后轮到一些老师:院长、我、阿尔文·霍尔(Alvin Hall)、罗伯特·温斯顿(Robert Winston)、杰兹·B(Jazzie B)和戴维·斯塔基(David Starkey)。

我们大多数人说法相似,没有表达太多对英国体制的悲观,但渴望对老师的束缚能少一点。我们对于老式的纪律也没多大热情,尽管我们这个岁数的人倾向于想象这种纪律正是孩子们需要的(并将"起作用",无论那意味着什么!)。发言中还有很多对拉丁语的赞美!

斯塔基并非如此。

他是我们当中唯一一个没有来听孩子们提供证词的人。他的脚受伤了,好吧,这是一个不错的借口。但是,在今天这种情况下,多费些力来倾听学生们的心声其实是明智的。斯塔基后来张嘴就说学生们是多么狂野且不守纪律,但我们其他人从学生们在委员会上的发言中得到的印象却并非如此,斯塔基发言的分量因而也就大打折扣了。

总的来说,斯塔基在提供证词时仍旧是以他惯有的方式,其间点缀着一些针对院长约翰·德·阿布罗的愚蠢的人身攻击。(斯塔基疏忽的是:因为我们是在做电视节目,所以从某种程度上而言,院长和我们是在同一条船上。)

其实,斯塔基并不愚蠢,他所说的事情中有一些我是认同的。

但他声称严格执行制服规则的学校没有任何"纪律问题",这是错误的。("纪律问题"不是一个固定的、客观的范畴。一想到在学校里受到的那些惩罚我就不寒而栗。)

总的来说,井蛙之见影响了许多中年成功人士,斯塔基是受害者之一。因为他是成功的,就认为他所受的教育是正确的。也许,对他来说,这种教育确实是。但他已经决定不去考虑坐在旁边的失败者们了,更不用说那些占总数80%就读于当地现代中学的孩子们。当然,我相信很多文法学校一直都很好,在那里学习或工作过的人都会这样觉得,但那些未被录取的人不会。(并不是说我和我的朋友们没有受到这种怀旧情绪的影响。我们总是抱怨现在的孩子没有当年的我们努力,不能静下心来读拉丁语和希腊语作品,但其实我们往往忘记"我们"也是不同以往的,即使是在剑桥。我们当然是不同以往的,否则我们就不会成为剑桥教授。)

而斯塔基本来可以把准备工作做得更好一些。他带着丹妮尔(Danielle)参观了剑桥,尽管女孩很聪明,但她仍然只想成为一名美容师,而不是来剑桥读书。斯塔基对此深感遗憾。他抱怨说,这是多么浪费,多么缺乏抱负(以及多么失败的教育体系)。

他没有注意到的是,丹妮尔刚刚在电视剧《东区人》(*EastEnders*)中得到了一份重要的工作。我想,在那里她还是很有抱负的。

考试语

2011 年 6 月 25 日

我刚刚批阅完试卷（古典学文学学士荣誉学位考试中的 IB 部分），总共大约 130 份。考生在最终成绩单中会得到的分数（这到下周才能决定）我们暂且不提，我有两个直接的感想。

首先，笔迹。在 21 世纪的考试中，有一些非常奇怪的事情，因为孩子们通常在整个学年里不用手写任何东西。好的一面是，你根本认不出任何一份试卷的答题者。（在过去，你已经批阅了如此多的手写文章，以至于你非常清楚正在批阅谁的试卷，尽管它在形式上是匿名的。）不好的一面是，他们是如此不习惯手写，以至于写出来的很多东西都难以辨认。

幸运的是，诵读困难者可以打字回答，而我发现自己开始期待下一个诵读困难者，或者期待所有学生都被允许打字回答的那一天。

总的来说，除了诵读困难者，试卷是这样的：每 20 份中会有一份大约有 30 来处潦草的、涂抹的笔迹。你可以破译它，但每处都可能需要 5 分钟左右。在某一时刻，你会变得愤怒，以至于你忍不住要放弃。"字迹不清将被扣分。"考卷上不是这样写着的吗，对，让我们扣分吧。

但是为什么你最终没有这样做呢？

就我而言，这在一定程度上与家人有关（或者至少通过这种方式得到了更大的安慰。事实上，我总是不情愿地坚持着）。我儿子的字实在是太烂了。但去年在牛津，一些可怜的阅卷人坚持辨认了他潦草的笔迹，还给了他最高分。我真的对这种努力非常感激。所以现在,当我花几个小时批阅这些几乎看不懂的试卷时,我就想:"我这样做不是为了你,你这个乱糟糟的孩子。我是为了你妈妈。她一定希望有人能够愿意费时费力地去读你潦草的笔迹。"我是这样做的。

事实上,有时你会读到很有趣的文章。几乎所有的候选人都会受到考试语的影响,把他们拉"回"到那些他们从未用过的词。事实上,可能几代人都没有在平时的写作中使用过这些词。我记不清在这些试卷中看到了多少次"上述(aforementioned)"这个词(如在"上述立法"中)。没有一个人被我扣分。但是究竟是什么促使学生们使用这个古老的词呢?(我想知道他们多久会使用一次这个词。)

我想,他们一定是因为紧张。但这个词出现在这儿还是很奇怪。

评论

我的笔迹极其潦草,看起来像蜘蛛网一样,着实令人羞愧。作为参加了今年古典学考试的学生,我不得不说,谢谢您!您的耐心让我深感安慰。

——CJM

在我看来"aforementioned(上述)"是一个非常实用的词。有什么词可以替换它吗?"上文提到的(mentioned above)小部件"中的"mentioned above"使用了相同数量的字母,但是"上文(above)"暗示是别人的观点,而非作者自己的观点,就像某人在阅读公文一样。"前面提到的(before mentioned)小部件"

中的"before mentioned"多使用了一个字母,而且无论如何都不是地道的英语用法。为什么对(所谓的)古语词存在偏见呢?

——PL

"经常被引用(Saepe memoratum)"是尊者比德(Venerable Bede)最喜欢的表达之一——通常用来提及关于复活节日期的争论。

——奥利弗·尼科尔森

对我来说,字迹不清的最显著特征是它具有性别差异性。我有时会在阅卷的时候自娱自乐,通过试卷的笔迹猜测考生的性别,然后看看对不对。这次我还无法引用我的成功率(下次我会更科学一点,保存相关记录),但我认为成功率接近百分之百。

如果字迹很容易辨认,特别是如果字母有一个漂亮的圆圆的外形,那它是由女性写的。

——克里斯·约翰逊

事实上,比尔德教授,大多数学生在这一年写了很多东西。只要看一眼西利图书馆,你就会发现只有十分之一的人(在绝大多数情况下)使用笔记本电脑做笔记。学生可能只是没有手写那些篇幅过长的文章。尽管有些人,比如三一学院的 RWS 博士,要求学生每周的论文必须手写。

——R 学生

我认为在 2011 年还要求学生们手写完成大量的考卷是令人震惊的。在整个学年里,他们从不手写任何东西,而且无论命运把他们引向何方，他们都不会手写长度超过一张便利贴的任何东西。

在我看来，这是一种毫无意义的卑劣行为，比要求他们用卡罗琳体小号字提交考卷强不了多少。

——克里斯·Y

为什么要费力去参观罗马圆形大剧场呢？

2011年7月21日

是的，这是罗马最令人难忘的建筑之一——在西方文化中也是如此。我与别人合写了一本关于它的书，其原因是，我真的相信它的历史比我们大多数人想到的还要迷人，无论是古代的角斗场还是19世纪的植物园。从外面看，它绝对是宏伟的。但是，这真的值得你花上几个小时排队参观里面破旧的废墟吗？

我不是那么确定。

我刚刚在罗马待了几天，为一部新的关于古罗马的微型电视系列片做考察（从普通罗马人的角度，而不是皇帝和将军等）。我不会透露我们所看到的东西，否则当你观看的时候，你就感觉不到惊喜了。（这种"勾引"怎么样！）但是，当我们在罗马城四处走动时，让我感到最震惊的是来参观的人疯狂地集中于少数景点。

每个人都想看到圆形大剧场、罗马广场和帕拉蒂尼山（所有这些是一张通票，你可以在网上购买，这是一个很好的建议），以及坎皮多利奥山的卡匹托尔博物馆和梵蒂冈。

到处都是人，一天中几乎所有的时间段都排着可怕的长队（我的经验是越晚越好）。但是如果去满是美妙雕塑的马西莫宫（火车总站附近），你一分钟的队都不用排，你会发现一些最令人惊叹的罗马艺术作品还幸存着。例如，第一门（Prima Porta）的利维娅（Livia）的花园屋（Garden Room）就在这里，没有比这更好的享受了。

到附近的博物馆参观戴克里先浴室（Baths of Diocletian）的人更少。（艺术上不那么令人惊叹，但有一些非常棒的罗马早期的材料，一个美丽的米开朗基罗修道院，还有一些非凡的古代陶俑，人们好像很容易忘记陶土这种材质的艺术品。）

但是，游客最少、质量最优的博物馆奖必须颁发给蒙特马尔蒂尼中心博物馆（Centrale Montemartini）。该博物馆位于奥斯底亚路金字塔旁的废旧发电站，里面陈列着朱庇特神庙多出来的一些藏品。古代雕塑和工业机械并存是非常棒的，就像奥赛美术馆（Muséed'Orsay）一样，甚至更好。它包含了一些真正的珍宝，如阿波罗神庙的山形墙饰——它是公元前1世纪的建筑，是对"公元前5世纪希腊原创雕塑"的再创作，还有来自罗马皇帝游乐园里的巨大雕像。令人震惊的是，当我们到达那里的时候,居然还看到了另外两个游客。

就在罗马城外,有一个港口城市奥斯提亚(Ostia)。现在,如果仅就遗迹而言,它事实上并不像庞贝或赫尔库仑尼尔姆(Herculaneum)那样令人惊叹。(它被遗弃后,就逐渐被沙子覆盖,而不是被地震摧毁。)但与庞贝不同的是,你总能找到几条人迹稀少的街道,有时甚至只有你一个人,你可以充分体会在一个人口稠密的罗马城镇穿行的感觉……城镇里全是用砖砌成的一排排房屋。(与庞贝不同,这里是一个具有多种功能的地方。)

我们能做些什么将人们从"那少数几个热门"景点吸引到其他令人惊叹的地方呢?以上都完全是我推荐的,但是你在去之前应该先用谷歌搜索一下。现场提供的信息并不总是能够体现全貌。[阿曼达·克拉里奇(Amanda Claridge)的《考古指南》(*Archaeological Guide*)也很好地覆盖了城市遗址,尽管没有提及奥斯提亚。]

评论

对于任何来佛罗伦萨的人来说,类似的好建议都是不要错过大教堂歌剧博物馆(Museo dell'Opera del Duomo),也叫教堂博物馆(Museo dell'Opera di Santa Maria del Fiore)。除了其他奇珍异宝之外,它还收藏了卢卡·德拉·罗比亚(Luca della Robbia)的唱诗台系列、吉贝尔蒂(Ghiberti)创作的《天堂之门》(*Gates of Paradise*)和米开朗基罗最后的《哀悼基督》(*Pietà*)。根据我的经验,对于唯一会去那里的人,也就是那些严肃的游客来说,一切都被很好地展出着。

——PL

在罗马，我最喜欢的罗马无名英雄离圆形大剧场只有步行5分钟的路程：西里欧的罗马屋博物馆（Case Romane del Celio，网站是 http://www.caseromane.it）。如果去的话，那里几乎是属于你一个人的，还有一些美丽的画。很荣幸推荐的还有巴尔比宫（Crypta Balbi），如果屋顶没有塌下来，还有黄金宫殿（Domus Aurea）。如果你能搭乘巴士，那么昆提乌斯别墅（Villa dei Quintili）是值得一去的地方（十分安静）。说到这里，哈德良离宫（Villa Adriana）的游客也不算多。

——卡特彼勒

"我们能做些什么将人们从'少数那几个热门'景点吸引到其他令人惊叹的地方呢？"

有趣的是，我们这些不是在牛津和剑桥这样有名的大学里工作的人也经常讨论这个问题 :-)。这是一个非常相似的问题。

——PWG

和平祭坛（Ara Pacis）!!
我过去常常整天待在安静的玻璃墙后。偶尔会有一辆旅游巴士在这里减速，但很少有人进来。

——IUNIPERA

从斗牛犬餐厅到阿比修斯

2011年8月1日

我发现自己对本周末发布的斗牛犬餐厅（El Bulli，世界上最好的餐厅）关门大吉的消息没有任何感觉。我的一个朋友大约10年前就到这个美食圣地朝拜过，回来后讲了许多关于该餐厅极尽奢华的故事。当食客品尝某些特别的菜肴时，鼻子底下飘荡着花香，这是因为侍者们手拿着与菜品香气相称的鲜花在旁边服侍着。这让他印象特别深刻。我的反应不是"多么注重食客对联觉的反应"而是"太做作了"！

品尝一些特色菜：液体豌豆馄饨（意式馄饨皮包裹着豌豆汤）或花纸（花被按压进棉花糖里），或者是冷冻的戈尔根朱勒干酪球。所有这些都反对出了我在烹饪上的平庸之处。我认为应坚持"无论艺术还是工艺，都要忠实于原材料"的烹饪方法。（上帝真的想把花塞进棉花糖里吗？或者为什么要费心去冷冻美味的戈尔根朱勒干酪呢？）

丈夫和我的看法一致，但原因略有不同。他讨厌被这些明星厨师控制，讨厌"吃我设计好赐予你的东西"这种哲学。他甚至不能容忍比斗牛犬普通一些的高档餐厅所推崇的可口小吃。在那些地方，服务员会在上菜前端来一小碟你没有点过的东西，用一种精心练习的法国口音向你解释它的成分。丈夫的意思是：如果我想要一份带着姜和橘香酒的鲜蘑慕斯，我就自己点了。

乍一看，这一切都很像古罗马的高档烹饪，实际吃的和看上去的不是一样的东西。举个例子，在佩特罗尼乌斯（Petronius）作品中的特里马乔（Trimalchio）的晚餐派对上，食客们吃的食物中有一半都不是看上去的东西（比如，温柏充当海胆）。或者阿比修斯（Apicius）的罗马烹饪书中的一个标志性食谱："没有鳀鱼的鳀鱼砂锅菜（Casserole of Anchovy without Anchovy）"（"在餐桌上没有人会认出他们吃的是什么"，实际上是由海荨麻和鸡蛋做成的）。

但事情并不是那么简单。因为当特里马乔正在以一种斗牛犬餐厅的方式炫耀时，阿比修斯正在努力省钱（我想，在罗马市场上，海荨麻和鸡蛋比真正的鳀鱼更便宜）。这让我们想起了烹饪的铁律，（威廉·莫里斯或许说过）整个行业从上到下都试图（或依赖于）把东西变个样：菊苣变成了咖啡，阔恩素肉变成培根，坚果切成烤肉块，面粉变成面包。不仅仅是富人把汤变成了意式馄饨馅的一部分，穷人也试图让你觉得海荨麻是鳀鱼，我们所有人都喜欢用生面粉、水和酵母制作脆皮面包。这个世界上的斗牛犬顶级餐厅所做的只是烹饪基本要素的发展（"把生的东西变成熟的"）。所以我难道不应该停止说教吗？

事实上，当真正经历（也就是吃）这种非常巧妙的甜点时，你会感觉相当兴奋。虽然像我上面所讲的，从理论上来说，如此做作的炫耀食物很容易让人感到愤怒。但当我在华盛顿吃了一个柠檬慕斯之后，我真的被迷住了，尽管对世人来说，它看上去有点儿像溏心蛋。

我想，"忠实于原材料"在烹饪中并没有像在建筑中那样重要。

评论

哦，真开心，我终于可以像自己喜欢的那样自命不凡了，因为我很清楚自己也会被斗牛犬餐厅惹火。几年前，在勃艮第茹瓦尼（Joigny）的拉寇特圣雅克酒店（La côte st-jacques），我和我的伙伴让服务员把附近一张桌子上精心布置的鲜花拿走，因为它的香气影响我们品尝鹅肝。感谢上帝，他们照办了，并且没有人把那些讨厌的花放在我们的鼻子底下。(该酒店当时只是二星,现在是三星了。)

——朱迪思·温加滕

有史以来,只有两本真正伟大的烹饪书。

1. 爱德华·德·波米安(Edouard de Pomiane)所著的《十分钟搞定法式烹饪》。

2. 卡罗琳·布莱克伍德(Caroline Blackwood)和安娜·海克拉夫特(Anna Haycraft)所著的《亲爱的,你不应该有这么多的麻烦》。

——理查德·巴伦

为阿比修斯辩护:尝试用这种方式烹饪是很有启发性的。当然,食物永远不会十分"正确",但是它们可能极其美味。味道的奇特和复杂能够让你更加快速(意外)地认识到另一个世界的矫揉造作以及你无法掌控的错综复杂。(如果你对冬眠鼠或鱼酱油过于敏感,试试枣子,阿比修斯食谱,编号296。)

——JH

我想起了大英图书馆的咖啡馆。我点的是"鳄梨、根芹菜、蛋黄酱和哈瑞萨辣酱点缀着的白色布鲁姆面包",结果上来的是凉拌卷心菜三明治。我感觉自己被欺骗了。

——LIZ C

如果你想研究阿比修斯的食谱,试试 C. 格罗科克(C.Grocock）和 S. 格兰杰（S.Grainger）版本的《阿比修斯：一个带有介绍和英语译文的评述版》（Prospect Books，2006）。

1847 年的剑桥校长选举

2011 年 8 月 11 日

我已经有一年没去大学图书馆的手稿室了（有机会去一趟真是太好了）。所以我本周去那里时才发现有了新的监管制度：现在要在专门的登记簿上签名，甚至图书馆里其他地方允许携带的小包在这儿也不让携带，必须把包存在外面的储物柜，所以每次你想从包里取 25 便士去买一支新铅笔什么的，你都得去取钥匙然后再还回去。（因为，钥匙由你保管他们不放心，这也许是聪明的做法。）

我相信这是非常明智的，也是保护收藏的好方法。但这种方式确实很恶劣，感觉自己被当成了罪犯，让人油然而生一种不快的感觉，就好像自己和其他在场的读者都有可能会在别人转过头去的一刹那将某份珍贵的文件偷走。（我在想，这种做法让偷文件变得更加困难，但同时又会把多少人推向犯罪呢？）

无论如何，我是不会被耽搁的，因为我到那里是为了寻找更多关于菲茨威廉博物馆历史的资料。我想要彻底了解一下 1842 年欢迎新校长诺森伯兰公爵（Duke of Northumberland）的庆祝活动。一部分活动是在博物馆还没有完全竣工的情况下举行的。我很好奇，到底还差多少完工。

一份看起来很像文件的东西被编入目录，它描述了 19 世纪大约五名新校长的选举和就任。这是一份由19世纪热心、执着和相当聪明的官僚们撰写的手稿,渴望将这个程序传给他们的继任者。

结果它对了解1842年菲茨威廉博物馆的状况没有任何帮助,但它有很多关于1847年选举的有趣东西,与我们10月份将要进行的选举有很多共同之处。

我隐约记得(但如此认真的记载让这个历史事件又一次生动地呈现出来),在1847年校方确定的候选人是艾伯特王子(Prince Albert)。但是,一帮来自圣约翰学院的菜鸟对此持反对意见,他们推选波伊斯伯爵作为其竞争对手(一个真正可怕的保守党,勒德洛的国会议员,1832年改革法案顽固不化的反对者)。

虽然经历了一点动摇,但王子并没有真正退出,而是进行了一场充满活力的选举。这为当今候选人的支持者们提供了大量的建议,包括组织委员会以及从伦敦专门租来的运送选民的火车。(王子的反对者担心的一件事是,他会试图让这所大学德国化。另一个担心是,大学和皇室之间的后门关系有点不体面。)

这似乎是一场激烈的战斗,正如人们所期望的,艾伯特获胜了,但并不是以绝对优势。我找到的这份文件是由一位官僚匿名撰写的,他接着花了很多笔墨描述在宫殿举行的庆功宴(他坚持认为,第一道菜配的是银制刀叉,甜点配的是金制餐具)。显然,波伊斯伯爵被邀请了,但不可能来。

这一切让你想知道,我们现在的四位候选人塞恩斯伯里勋爵(Lord Sainsbury)、米尔路杂货店老板(the Mill Road grocer)、布赖恩·布莱斯特(Brian Blessed)、迈克尔·曼斯菲尔德(Michael Mansfield)将会如何庆祝10月份的胜利。我想,不会那么奢侈，但我会让你们知道的。

评论

他们对王夫艾伯特王子的看法是正确的：他确实干涉了，据我所知至少有一次。1860年，他推动任命查尔斯·金斯利（Charles Kingsley）为历史学钦定讲座教授——主要是基于他的历史小说，而这违背了历史学家们的意愿。

——马里恩·戴蒙德

不要觉得被当成了罪犯。这些预防措施听起来像是对稀有材料明智并且常见的保护。几年前，当我在剑桥读研究生时，我想借用一个非常稀有的乔叟手稿。我就不说我去哪所大学借的了。我被留下和书单独相处，完全有机会垫着它吃一顿有三道菜的饭或者撕掉自己需要的那几页。当我用完以后，我开始找人去归还它。我在大学里漫无目的地寻找，最后，门卫给一个重要人物打了电话，我才得以把书移交出去。当我想到这种粗心大意时，仍然不寒而栗。

——埃里卡

位于布鲁塞尔的非洲博物馆
——戴维·斯塔基

2011 年 8 月 14 日

即使你没有读过亚当·霍赫希尔德（Adam Hochschild）的《国王利奥波德的鬼魂》（*King Leopold's Ghost*），也一定坚信比利时在刚果（Congo）的统治是可怕的，甚至按照欧洲殖民主义在非洲的常规标准来看也是这样。即便如此，我一直对位于布鲁塞尔郊外的中非皇家博物馆有好感。（在我最喜欢但又人迹稀少的众多博物馆中，这个博物馆在我心中占据一个很高的位置。）

大约10年前，我第一次参观这个博物馆（位于特尔菲伦，乘坐从布鲁塞尔市中心发出的快速有轨电车可以到达），当时是和女儿在一起，她在做一个关于刚果的学校项目。博物馆那时刚刚建成：是一座"庆祝"比利时反抗非洲"野蛮人"所取得"成就"的博物馆。最重要的是放置在前厅的巨大的镀金雕像，用拟人的手法描绘友善的比利时人如何把和平、繁荣和文明带给充满感激的刚果人，而馆中19世纪早期的殖民纪念品也展示了一个类似的故事。斯坦利（Stanley）几乎和利奥波德（Leopold）一样成为英雄，没有地方能看到黑暗之心（Heart of Darkness）。

几年后，我们又去了，事情在变化——变得更糟了——我忍不住这样说。展馆里面到处可见后殖民时代的政治正确性，尽管是可以理解的，它们却与收藏和展览（天哪，整个事情都是在利奥波德的赞助下进行的）如此格格不入，以至于看起来有点荒唐。它们实际上有点像伦敦自然历史博物馆（Natural History Museum in London）的新浪潮，贴出一些小标识表示我们现在不再打猎和吃野生动物了。在我看来，把整件事都照原样保留下来会更好，让我们清楚地看到殖民的景象是什么样子的，让我们自己去思考。

不管怎样，这个周末我又去了（与丈夫和儿子一起），做好了最坏的打算。我料想一定有电脑屏幕和互动按钮——"比利时对刚果的干涉是：（a）好的；（b）坏的。"计算机会对任何愚蠢到按下按钮（a）的人进行严肃地训斥。

实际上，结果让人感到惊喜。20世纪早期的许多展品都被相当精心地、自觉地复原了。诚然，这主要发生在博物馆的自然历史部分（尽管位于南肯辛顿的伦敦自然历史博物馆似乎有重重困难，但与对人的殖民相比，对大象的殖民应该更容易处理些吧）。但甚至在历史部分，很多后殖民时期观点的形成也是以在传统的展示中加入鲜明的21世纪回应作为基础的。例如，有一个很棒的摄影展，对比了比利时统治时在刚果拍摄的照片和现在在刚果拍摄的照片。事实上，这是一个试图收集当代刚果人对旧殖民照片反应的项目的一部分，也是女儿目前想在南苏丹做的事情。

一如既往，博物馆里最引人注目的仍然是前厅的那些镀金雕像，雕刻的是比利时人对愚昧的当地人施加恩惠（即使现在有一些被笨拙地——或方便地——藏在衣帽间后）。看着这些雕像，让我感到惊讶的，不是比利时政府（你可以把"比利时的"读成"英国的"）的一些人很清楚家长式作风可以用来当作剥削的一个方便的幌子。我相信有时候会出现这种情况。但更常见的是，比利时的中产阶级一定是来过这个博物馆，并真切地感受到这是他们国家善举的证明。

也就是说，有趣的历史问题（布鲁塞尔博物馆的装饰所强调的）并不是殖民主义/帝国是好是坏。而是，我们如何理解为什么这么多普通的、正派的西方人认为它是道德的。自我利益并不是一个足够好的答案。但在这里，历史神入有了难以想象的飞跃。

以上是乘电车回酒店时的想法，在酒店我们遇上了刚到的戴维·斯塔基一行人，这两者并不是完全没有联系。如果我说得没错，斯塔基当时陷入了麻烦之中，因为他说（在某次骚乱事后反思中）如果你在收音机里听到托特纳姆（Tottenham）议员戴维·拉米（David Lammy）的言论，你一定以为拉米是白人。斯塔基原以为这是在表达对拉米（或国家）的不信任，而我觉得这可能是值得庆祝的事情，因为你无法在广播第4频道分辨出黑人和白人的声音（或者，一如既往，在英国能听出来的是阶级不是种族）。

起初，拉米的回答相当克制，但最终还是说了"斯塔基应该做好自己，继续他对都铎时代的夸夸其谈"这样的话。拉米的回应很明显是错误的。斯塔基可能是这一问题上相当不知名的例子，但是布鲁塞尔博物馆给出了一个强有力的例子，我们确实需要历史学家思考和谈论这些种族和意识形态的问题。

评论

玛丽，我认为你的帖子会引出这样一个问题：一个人到底要说多少令人讨厌的废话，你回应的焦点才会从"不应该让历史学家闭嘴"变为"历史学家不应该胡说八道"（有潜在后果的胡说八道）？

——理查德

理查德，我从来没有说过"不应该让历史学家闭嘴"，我说的是，仅仅因为斯塔基的主要研究方向是伊丽莎白时代就让他闭嘴不是一个好的理由。

为了完整起见，这是 D.拉米说的："是的，我现在知道他（也就是斯塔基）说了什么。他的观点是无关紧要的，他是一个研究都铎（Tudor）时期的历史学家，却跑来谈论当代城市动荡。"

我希望看到斯塔基的观点被很好地、真正地否定，但我们必须以正确的理由来否定它们。就像牛津大学的一位同行对我说的，斯塔基所做的最糟糕的事情就是给了我们一种反对他的道德确信感。

——玛丽·比尔德

作为一名历史学家，比尔德在写博客之前应该先查证。

——LIZX

LIZ，如果"比尔德"遵循了你十分严格的规定，她可能会把历史写好，但这不会是一篇非常有趣的博客。

——LL

斯塔基的观点很复杂，容易被误解（正如我们所看到的），而且它当然不值得被"否定"。"否定"是一个令人惊讶的词，出自某位声称坚持言论自由的人。我敢说，他在你眼中的"不知名"在于他拒绝向监狱和法庭的自由主义正统派低头。或者，这也许只是一个媒体教授对另一个有更大电视合同的媒体教授的温和嫉妒。

——汉普斯特德·猫头鹰

为什么小童在撒尿？

2011 年 8 月 18 日

布鲁塞尔的标志（至少从纪念品商店来判断）是一个小男孩撒尿的青铜喷泉/雕像——撒尿小童。在布鲁塞尔，这个形象可以追溯到 17 世纪。但是，喷泉喷水就像撒尿的创意至少可以追溯到罗马人，也许更早。这不是一个特别有创意的想法。

不管怎样，你现在可以买到很多这种小男孩雕像，我猜大部分都来自中国。（一些刻着"比利时制造"，但大多数都不是本地产的。有人去过快速大量生产微缩版西方宏伟纪念碑的中国工厂吗？）如果你不喜欢钥匙圈，你还可以购买巧克力制成的小雕像，或者观看比真人还大的仿巧克力模型。每个旅游团都会被吸引过来。

我的问题是：为什么他会成为比利时的象征？大多数城市都有一个更明显的标志，如大本钟（Big Ben）、帕特农神庙

（Parthenon）、埃菲尔铁塔（Eiffel Tower），但是这个小男孩只有一米高，如果他没有出名的话，可能还藏在某条偏僻的街道里。他应该可以追溯到 17 世纪早期（在 19 世纪被偷盗并弄碎，后来利用碎片拼接的模子进行了重塑）。关于这个小男孩到底是谁，有各种各样的都市传说。几年前我听说他是富人家走失的孩子，他的父亲发誓如果能找到儿子，将建造一尊儿子的雕像，刻画儿子被找到时正在做的事情。但也有很多其他的传说。我更喜欢这个想法：他让我们想起布鲁塞尔勇敢的孩子们，他们通过从树上向敌人撒尿来确保城市的胜利。

直到上周我们去的时候，我才意识到他也有一个衣橱。

当地人和来访的代表团馈赠给他许多各式各样的服装，这些都保存在布鲁塞尔城市博物馆（Musée de la ville de Bruxelles）里。天晓得这些服装是在哪儿制作的，但我从来没见那个小男孩穿过。

不管怎样，上个周末到那里的时候，我们都忍不住要去看他的服装。当走出博物馆的时候，我们不由自主地注意到一些看起来像是 20 世纪 50 年代明信片的复制品。这些都给人一种惊奇感，因为它们凸显了性，这是大多数现代表现手法表面上所否定的。好吧，它们只是被隔代性别化了，但毕竟还是被性别化了。一个流传很广的笑话（有着多种版本）是一位看到小男孩雕像的中年妇女突然发起情来，这让她的中年丈夫感到苦恼，因为他明白自己要度过一个被妻子需要的充满活力的夜晚。

你现在不能售卖这些东西了。或者你能吗？以什么形式？我们以为自己购买的是历史纪念品的复制品。但是当我们在回家的火车上把它们拿出来时，它们看起来却更像是真的。背面没有印上复制品的来源，其边缘却明显发黄了。难道他们其实是在清理旧库存吗？

然而，仍然没有人能解释清楚为什么这个撒尿的孩子是这座城市的象征。难道正如旅游指南所宣称的那样，他真的只是布鲁塞尔"玩世不恭精神"的体现，是过去版本的丁丁[①]？

评论

关于撒尿小童流传最广的故事之一是：他拯救了布鲁塞尔。据说，恐怖分子制定了摧毁这座城市的阴谋，安放了爆炸或燃烧装置，并点燃了导火索以便逃跑。但是那个小男孩出现了，并用尿把导火索浇灭，这样就拯救了这座城市。另一个故事讲的是：一个非常年轻的公爵上了战场。当他下床撒尿的时候，战斗的局势正对他的军队不利。但他向敌人的方向撒尿的场景使军心大振，战斗胜利了。

不管怎样，至少从1388年开始这尊雕像的一个版本就已经在这座城市里了。他一直是这座城市历史的一部分，经历了那么多年甚至成为反抗的象征，尤其是在布鲁塞尔受到路易十四（Louis XIV）的军队围攻时，这尊雕像被藏起来，在这之后被刻上了这样的文字："In petra exaltavit me, et nunc exaltavi caput meum super inimicos meos"（编者注：耶和华啊，我要洗手表明无辜，才环绕你的祭坛）。至于服装，在围攻之后不久似乎就出现了这种传统，当时西班牙总督巴伐利亚的马克西米利安·埃曼努埃尔（Maximilien-Emmanuel de Bavière）把第一套

---

① 编者注：丁丁为《丁丁历险记》主角

衣服送给了这个小男孩。

　　署名：一个古典时期的历史学家和数字人文主义者，住在布鲁塞尔科文特花园（Covent Garden）后面非繁华地段中最高楼的顶楼。（是的，文化和科学可能会在最意想不到的地方开花。）

——帕斯卡·勒迈尔

受够了研究卓越框架（REF）……孩子们怎么办呢？

2011年9月1日

　　以防你不知道，"REF"（"研究卓越框架"，听起来就像是高等教育的"成绩记录"）是新版的"RAE"（"研究评估考核"，其名称至少诚实地承认自己是一种评判行为，更像是过去的"成绩单"）。这是政府评估大学各院系（以及这些部门中学者个人）研究成果，然后相应地分配（或不分配）资金的过程。

　　毫不奇怪，我不赞同这个过程。这并不是说我认为大学学者不应该对那些为他们掏钱的人负责（大部分钱，但不是全部）。但这一过程总体上阻碍了在人文学科（或许自然科学也是如此）领域做良好的、富有想象力的研究。它左右着大学管理者的思维。不管理由多么好，你可以试着任命一个看起来不能"强健"提交（这是大学里的新说法，甚至"梦幻尖塔"牛津大学的人也这么说）REF的人来大学工作，看看你能不能成功。此外，它使许多机灵的人开始寻求聪明的方法以便在这种评估中出类拔萃，这样政府就又可以控制我们所有人，或者我们中的一些人。

过去常称之为分而治之。

没有部门愿意是三星级的（不管这一次将被称作什么），否则某位刀斧手大学校长（VC）会对他们一顿乱砍（或者，如果他们非常幸运，会给他们额外的研究休假和两位新的没有教学任务的超级明星同事，以便他们下次可以做得更好……美梦继续）。

当然，我意识到，在过去的评估考核中，许多同事已经做了勇敢的工作，花费了生命中数周的时间来评估整个研究活动，以确保其过程仍然是一种同行评审，而不是某种度量标准的使用。后者将使那些差劲但受欢迎的人（当然也包括受欢迎的且杰出的人）受益，以牺牲杰出但不受欢迎的人为代价。（这有点像剑桥大学图书馆的想法，你可以根据借阅次数来判断期刊的价值。）不要认为我对他们毫无感激之情。但是，我不喜欢这个体系。

然而今天，并不是更高的原则或者是"体系"让我恼火，而是 REF 毁了我今年夏天的计划。

在过去的几年中，我的研究很活跃。事实上我写了很多东西，有不小的"影响力"（另一个大学里的新说法）。我在美国做了两次大型系列讲座——萨瑟斯讲座（Sathers）和梅隆讲座（Mellons），工作强度极大。这两个讲座其他人肯定也很想做，我也正想着把这些讲座内容整理成文。这个夏天我想做的是着手处理"罗马笑声"（萨瑟斯讲座的话题），并很好地把它写完。但是等一下。

我必须提交 2008 年至 2013 年年底发表的四项"成果"。我那本关于庞贝的书很明显算一个，就像一篇关于 19 世纪庞贝之旅的长篇文章一样。此外，我有各种各样的东西，包括在那不勒斯博物馆（Naples Museum）展览艺术品的小陈列室的展览目录中收录的一篇新文章，是我几年前一篇关于"东方邪教"（Oriental Cults）的论文的改写。（事实上这是一篇新论文，但它会算数吗？）还有一些关于19世纪后期罗马治下不列颠的材料，再加上一个关于"风险"的达尔文讲座，还有一篇关于塞缪尔·巴特勒（Samuel Butler）的论文，实际上2008年才发表，尽管标题页的日期是2007年，等等。

今年夏天我应该做的就是潜下心来完成关于"笑声"的书。那将是最明智的，对这个主题、对我来说都是最好的。但是我坐下来一想，该死！如果我现在就开始写，到2013年年底，它可能还不会出版，可能会有各种各样的耽搁，而且加州大学出版社也不太了解REF……

我想，为了确保安全，我还是需要另一篇一定算数的文章。所以我写了一篇关于菲茨威廉古典藏品史的文章，我愿意（实际上很愿意）写这个题材，而且我答应过写。但最后，我只是因为那个该死的REF才真正做了这件事，我本应该在夏天的时候写"笑声"的。

所以，如果有人告诉你REF不会歪曲人们的研究计划，我可以告诉你，它确实会。

接着，正当我沮丧地考虑这个问题时，我又被告知，REF规章最新的咨询文件提出，在评估时一般不给有孩子的女性提供照顾，除非她们五年内休了十四个月以上的产假。（对我们大多数负担不起无薪产假的人来说，这意味着五年内要生三个孩子。）对这个想法的解读是，你休你的产假，但是回到工作岗位后，你所需要应对的评估指标跟别人一样。（在我看来，还有一种更好的建议，就是每生一个孩子算作一个成果。如果在规定的时间内生出一个孩子，你就只需要另三个成果了，生出两个，你就只需要另外两个成果。）

REF 根本不考虑孩子年幼会对研究产生影响，这简直太疯狂了。在我的两个孩子不到三岁时，我曾试过写文章。我需要的不仅仅是正式的产假。在我的学科中要想写出好的文章和书籍，你需要完全不被打扰的思考时间。所以在很长时间内影响你成果产出的是，因为母乳喂养你需要来回往返于家和学校之间，你也不能参加那些过去常去的研讨会（人们会忘记你和你的研究）——你当然不能去参加会议，除非你愿意坐在人群中窘迫地为孩子挤出乳汁，因为会议看起来要持续几个小时，而其他人都在忙着交流。

如果在 20 世纪 80 年代中期有 REF 这样的条款，我就会成为一个牺牲品（也就是说我可能会很失败），我可能已经离开了大学，找了另外一份工作。20 年过去了（这需要 20 年），我有足够的信心说，如果我当年离开了，那对学校来说将是一种损失。

当我们需要他们的时候，那些鼓吹实现了男女平等的人都哪儿去了？

评论

我会因为说下面的话而被私刑处死，但是……

我有两个孩子，一个三岁，一个不到三岁。我用母乳喂养他们（仍然在喂养那个小的）长达一年左右。我是英国一所顶尖大学的高级学者。每生一个孩子我都休了一年的产假。其中一个孩子在出生后，晚上每隔2.5小时就醒一次。

我正在为向REF提交什么而挠头（我的领导刚刚向我询问了初步的提交意向），因为我有14项成果应该符合要求，而且还有更多的已在筹划之中，而我不知选哪个好。

我未雨绸缪。

但是坦率地说，我很恼火，因为我产假（以及艰难的怀孕、分娩和康复）期间的成果不算数，评估我的高水平成果时并没有将这些考虑在内。不，我不希望我的成果被砍到只剩两项！以我的真实表现来评价我！

不过，我还睡得着。

——小猴小熊5000

托尼·布莱尔应该给赛义夫·卡扎菲写什么？

2011年9月4日

据今天早上报纸的报道，托尼·布莱尔（Tony Blair）曾在收到赛义夫·卡扎菲（Saif Gaddafi）一篇很长的论文后回信说：感谢赛义夫·卡扎菲向他展示"有趣的论文"。回信中还给赛义夫提供了几个有助于研究的例子。（结果证明，从各种意义上看，这个研究都是注定失败的。）很明显，回信内容被出现在的黎波里（Tripoli）的文件披露了。对此，布莱尔的发言人解释说：（尽管这封信是由TB签署的）他实际上并没有读过这篇论文，而整封回信都是由"职员"起草的。

让我们设想两件事。第一件（很有可能）：赛义夫写信请布莱尔阅读他的作品并提供一些帮助。第二件（不太可能，但万一呢）：任何一个写信给唐宁街 10 号寻求论文帮助的研究生，都会从幕后的男孩和女孩那里得到一些可以在博士论文中使用的好例子。

在这些假设中，我的反应是：布莱尔和他的团队没有像大多数学者那样快速吸取教训，人们（从小说家和博士生到写报告的小学生）的请求往往令学者们应接不暇。他们被请求去读作品，并且/或者提供参考文献，又或者"告诉我关于这个你知道的"。

这总是一个棘手的问题，但是你逐渐就能找到正确的解决之道。

你正在权衡（至少在我的情况下）两种考虑，它们以非常不同的方式发挥作用。一方面，我认为我对自己的学科负有责任，并有义务帮助人们了解它。如果一个孩子似乎对古希腊充满热情，并且需要一些关于如何进一步学习的建议，我肯定会提供帮助。同时，如果其他大学的硕士或博士生正致力于探讨一个属于我研究"领域"的主题，那么我认为有可能，我会很感兴趣，并伸出援手（而且我认为我在这方面做得很好）。

但是，如果我读了所有我被要求读的东西，并给每个发邮件求助的人提供了完整的参考文献，我就没有时间做我自己的工作了。而且，偶尔我会有点成为"工具人"的感觉——我在为其他学校某个没做好辅导工作的人（其所在大学正在收取高额学费）买单，或是成了学生与其长期受折磨的导师之间战斗的一种无辜的武器（"玛丽·比尔德说……"），又或只是为了节省某人半小时谷歌搜索的时间。有时我觉得,无冒犯之意的询问者为了得到关于角斗士或其他什么的参考文献,实际上已经向半个古典学术界写了邮件。(我猜这些人是懒得回复邮件来感谢你的,尽管他们会给你发邮件问问题。)

所以在努力帮助别人的同时,我有各种各样的策略。我有时会问他们给多少人发了"我正在做一个关于罗马时期的伦敦的项目……"的电子邮件;有时我建议他们从自己的老师开始,然后再联系我;有时我问他们已经做了哪些前期工作来了解研究主题。这样做效果不错,实际上我已经通过这种方式交了一些好朋友。正如我说的,你具备了敏锐的嗅觉,知道如何帮助那些需要/应该得到帮助的人,而不是被当成一个十足的傻子,花一个小时来收集他们本可以自己收集的信息。同样的道理也适用于如何参观庞贝:当你最终得到某种反馈,人们告诉你你的建议不错(或者不行)时,这种感觉极好;当你提供了许多关于地点、景点、交通和酒店的建议,却连一句感谢都没得到,啊啊咯咯咯哈哈哈。

那么,布莱尔应该怎么办呢?好吧,我的直觉是他应该回信,告诉赛义夫伦敦政治经济学院的导师是这方面最好的资源。(他或他的工作人员应该想要嗅一嗅这里有没有问题——很明显是有的。)不管怎样,发送某种不太相关的例子对任何人都没有多大帮助。这不是博士的真正意义所在。

他(或他的工作人员)"永远"不应该在他没有读过赛义夫发来的作品时,表示出些许读过的暗示。

任何学者都会告诉他,麻烦总是这样到来,就像现在的情形一样。

评论

我敢肯定,他向布莱尔展示的原因是,他希望首相能打电话给伦敦政治经济学院,并悄悄地告诉他们,他们最好给他一个博士学位,否则……

毕竟,这不就是利比亚的做法吗?

——马克斯

有趣的是,请求别人帮助解决的问题都是那些长期存在的问题,如发现探索宇宙奥秘的钥匙、主张皇室血统以及王国权利等。

利特尔伍德(Littlewood)在《一个数学家的集锦》(A Mathematician's Miscellany)(1953年版第43页)中,讲述了下面的一则故事。

兰道印制了一个模板来应对寄过来的各种费马大定理证明步骤:"在XX页上,从XX行到XX行之间,你能找到一个错误。"(找到这个错误变成了无俸讲师干的活儿。)

——理查德·巴伦

Nisi dominus frustra:为什么抛弃校训?

2011年9月16日

离剑桥不远的梅尔本乡村学校已经决定抛弃拉丁语校训"Nisi dominus frustra"。我猜你们能够看出原因是什么。该校训是《诗篇》第127篇第一行的缩略形式,"除非上帝想要建造这座房子,否则凡人花多少力气建造都是徒劳"。所以我猜想,你可能会这样翻译这个校训中的三个拉丁语单词："没有上帝，一切无效。"你可能认为它有一点虔诚，也有一点犹太-基督教的感觉。但是我真的不认为这个校训会冒犯这个世界上的哪一种信仰而让对方难以接受，毕竟，爱丁堡市的人们最近几百年都在使用它。

取代该校训（好像是经过学生投票）的新校训是"Inspiring Minds（灵动之心）"（几年之后这个校训会因为过于富有2011年的色彩而被抛弃），这在我听来更像是音韵铿锵的广告词。据校长讲，他们需要一个与学生更相关的校训。在现在的经济局势中，拉丁语在帮助学生找工作方面"几乎没用"。

不要理会这种狡猾的逻辑以及/或者现实情况。（我所看过的所有研究都表明拉丁语在就业方面的跟踪记录良好。而且即使不是这样，我们也非常确定上学并不仅仅是为了找工作，否则"教育"怎么办？）说得再直白一些，那我们认为校训到底是用来干什么的呢？

我从来不热衷于使用拉丁语的面纱隐藏愚蠢的想法（好像将愚蠢的想法翻译成拉丁语就能把它变成聪明的想法似的）。但是我同意：如果校训稍微有一点神秘的色彩、谜一般的感觉（这可能是为什么足球俱乐部最喜欢用拉丁语座右铭的原因），那是最好的。我甚至认为优质的教学也可以将"Nisi dominus frustra"拿来吸引孩子并增添他们的生活乐趣。它会把你带进《诗篇》（不管其是否带有犹太-基督教色彩，它都是世界文化的重要部分），并且把你带进爱丁堡的历史（对于一个学校来说，这个城市一定不会是一个特别糟糕的榜样）。

但是真正的问题是——从它的网站上判断——梅尔本乡村

学校实际上不教拉丁文，这也一定是学生发现校训与他们无关的原因之一。（公平起见，他们有各种各样的现代语言课程，大多数学生都会学两门语言，至少也能学一点儿。这一定会让该校成为那个领域的指路明灯。）

我想知道在学生投票抛弃这个校训之前，是否有哪位老师跟孩子们解释过这个校训以及它的历史。我想知道校长是否考虑过将拉丁语加入他们的课程表，以此来解决校训明显与学生"不相关"的问题。

这有可能给他们的学生开拓更加令人鼓舞的教育视野。

评论

在一次英国教育标准局的视察中，一位小学生告诉我他完全不明白校训的意思是什么，并且说如果学校想让他知道是什么意思就一定不会用外语写。（校训是用拉丁语写的。）

——杰弗里·沃克

我必须要说的是，如果一个校训暗示你必须要相信上帝，这样你的劳动才会硕果累累，这样的校训一定不是我或者我孩子的学校应该使用的。如果你和我们的观点不一致，那你太令人失望了。

——难对付的作家

但是该校训以及包含该校训的全文对相信上帝只字未提。仅仅是关于与其合作的问题。当然，这其中暗示着你要相信他的存在。但这并不是一个无神论者攻击它的理由，因为每一条都只不过是他自己形而上学的推测。

——PL

  我们学校的校训是"Fidei coticula crux"（我校是依照天主教教学秩序管理的）。但是就连拉丁语专家也不知道它的意思是什么。难点是"coticula"。有人曾经指出它的意思是"试金石"，我认为这是对的，但是因为没有人知道试金石是什么，所以这种解释没有太大用处。

  现在，这件事情已经过去很久了，我认为它的意思是"十字架是对信仰的测试"。这是一个很好的宗教格言，但是在一所我很喜欢的学校里使用好像不太合适。

  但是，校训是用来干什么的？牛津的校训"Dominus Illuminatio mea"在当初被发明出来的时候可能就是很有意义的："上帝照亮我的心灵"或者类似的意思，尤其是如果你想起格罗斯泰特在灯光下布道的场景。但如今人们纠结的是到底是哪个"上帝（Dominus）"，以及是否有上帝存在。

——大卫·柯万

用这个来表示回归本源（ad fontes）怎么样？

אוש אל היהו סמ

（如果那是正确的）？

——PL

  "Nisi dominus frustra"是悉尼大学圣约翰学院的校训。作为校长，看到学生连续数夜的反抗行为后，我经常幻想把这个校训缩略为"失望（FRUSTRA）"。

——CF

拍摄：情况刚好相反

2011年9月19日

在我出任剑桥古典考古博物馆馆长时，如果哪个摄制组想要来这里把博物馆作为一个外景拍摄场地，我的想法是非常矛盾的。（顺便说一下，这是一个很棒的点子。）一方面，这对我们来说是一个绝佳的宣传机会，并且我们不用提供赞助费。另一方面，它总是让人感到痛苦。摄制组带来的设备会多得令人难以置信，以至于完全会打扰到其他游客——而且他们总是，是的，总是比他们约定的拍摄时间要长。我尝试这样做过，即他们每超出约定时间15分钟我就增加一次罚款，但即使这样也没有用（尽管这样做确实给我们带来了更多的现金收入）。

现在，情况刚好相反。我在意大利拍摄关于古罗马的系列纪录片，已经沦为自己曾经觉得令人愤怒的恶棍之一——带去那么多的设备，妨碍其他人游览，我承认有时候拍摄的时间太长。我想这是一个有益的教训。我理解了为什么要成为一个"行为端正的"摄制组是如此困难。

时间真的非常紧张，而且很多突发情况难以预测。即使你很仔细地考察了每个地点，你仍然不能准备好一切。事实上，有时是一个雨天，光线很暗，需要照明；或者外面有人在用风钻挖马路（需要半个小时来说服他暂停5分钟）；或者空军选择在头顶上方练习技巧；或者你们的主持人（也就是我）不断念错台词。

我说的不是真正意义上的"台词"，因为我们没有书面的剧本。我们了解在每个地点要呈现的基本要点，但每次的台词都是我对着摄像机即兴完成的。

如果想让拍摄效果原汁原味、令人满意并且恰到好处，你就别无选择。实际上，在实地拍摄时，你应该强调的是新的联系和新的重点。但是第一次，甚至第二次，乃至第三次时真的很容易犯错误。

有时候是一个语气的问题（太轻松了，或者不够轻松）。有时候是陷入了某种不太相关的细节问题，或者意识到你刚才忘记加入一个很精彩的例子。有时候你需要花15分钟查找材料来确认自己没想到会用上的史实。我带着一个迷你参考图书馆（a mini reference library），在晚上还可以访问 JSTOR 数据库。但是谢天谢地，白天可以使用智能手机上的谷歌，当你突然对一个拉丁词的确切含义缺乏自信时，精彩的珀尔修斯（*Perseus*）

网站为你提供了刘易斯及肖特(Lewis and Short)的在线拉丁词典。或者当你突然想不起图拉真死亡日期时,谷歌也可以帮上大忙。(是的,我不相信维基!)

在课堂上犯个小错误很糟糕,但是至少你还有机会在下次上课时把它改过来。你甚至可以基于"智者千虑,必有一失(Homer nods)"的原则让这个错误变得有点小可爱。但是如果你在几百万观众(我们希望)面前犯了一个错误,至少可以说,这是一种严重的耻辱。(想想看,你会收到多少封邮件。)

因此,你往往会超时,这一点不足为奇。好吧,你可以把你认为在每个地点需要的时间增加一倍,但这会与计划存在很大的出入,浪费时间和金钱,你可能会因为不同的原因而惹恼更多的人。

拍摄令人产生肾上腺素的同时也令人精疲力竭,这不足为奇。我们经常在早上7:30离开酒店,晚上7:30回来,然后在接下来的几个小时里,为明天做最后的准备(由我来做),并协调设备、地点、权限许可和明天的拍摄计划(由其他人来做)。

我曾对我们博物馆里那些倒霉的、超时的摄制组那么愤怒,现在我对此感到有点内疚。

评论

我相信你的工作做得很好,但是我对钻路面的人表示同情。当年我们在科茨沃尔德(Cotswolds)从事林业工作的时候,被BBC(英国人亲切地称之为Beeb)的自然历史拍摄组打断了,他们正在做一档关于蝾螈的节目,没有事先联系或协商。我们正在300码外伐树,突然摄制组的人开始挥手,并大声喊叫:

"嘘……"。这是有点儿愚蠢。

——彼得·伍德

作为一名电视导演，我饶有兴趣地读了这篇文章，玛丽确实准确地刻画了摄制组的生活。除了她所描述的导致分心和延迟的事情，如果你再加上混杂的索要签名的人/善意的祝福者/那些非要在镜头前挥手的人（意味着重新拍摄）/非要在城市另一端的某家餐馆吃寿司的主持人，以及许多其他可能发生的事情，那么无论摄制组准备得多么充分、多么专业，完全按照计划拍摄的一天也是很少见的。（顺便说一下，去年在这个国家唯一对火山灰云感到高兴的人是录音师。在头顶上方没有飞机的情况下，一天的拍摄过程顺畅到令人难以置信！）

——一名导演

AD 与 CE

2011 年 9 月 26 日

让我们先弄清楚这一点：英国广播公司并没有禁止使用 BC（公元前，Before Christ 的缩写）和 AD（公元，Anno Domini 的缩写），也没有支持使用宗教上中立的 BCE（公元前，Before Common Era 的缩写）和 CE（公元，Common Era 的缩写）。尽管只要快速地瞥上几眼本周的报纸，你就会发现不少报道都这样说。

据英国《每日邮报》报道称，该公司已经用陌生的"Common

Era"和"Before Common Era"取代了熟悉的"Anno Domini"(上帝纪元)和"Before Christ"。这使得那个几乎不为人所知的中世纪僧侣狄欧尼休·易市胡斯（Dionysius Exiguus，又被称为"小丹尼斯"）名声大噪，因为正是他发明了 BC/AD 纪元制度。如果有人觉得术语 BCE/CE 有点鲜为人知，这与狄欧尼休·易市胡斯的鲜为人知度相比简直不值一提。然而，现在他却完全出乎意料地在短时间内获得了知名度。

不，英国广播公司并没有禁止使用 BC 和 AD。就我所知，公司内的各个部门都建议，BCE 和 CE 可能有时更适合多元文化/多元信仰的观众。但这仅仅是提醒编辑人员注意这个问题而已。

如此大惊小怪让我真的很惊讶。我所在的学术领域里，CE 和 BCE 已经存在了很多年，而且经常被用来代替 BC 和 AD。我想说的是，大约 50% 的古代史学术文章使用的是 CE 和 BCE，美国用得更多。这并没有动摇基督教教会地位，在美国当然也没有。

这里的问题既清晰又棘手。BC 和 AD 当然完全植根于基督教的世界观当中，尽管这种宗教色彩可以方便而有效地隐藏在标准的缩写里。事实上，狄欧尼休·易市胡斯当初并没有发明 BC 和 AD 的缩写形式，他只是发明了用传说中耶稣基督的生年作为公历元年的国际通行纪年体系。

想象一下，如果每位新闻读者都完整地念"在上帝纪元 1966 年的世界杯上，英格兰夺冠……"，那么就会有抗议的声音。然而，恰好也是这些声音中的一些现在正在反对 BC 和 AD 终止使用的谣传。

毫无疑问，这是一种基督教的纪年方式。问题是，用 CE/

BCE来代替并不意味着非基督教化。狄欧尼休取得了巨大的成功，以至于在西方，大多数情况下人们都无法想象去基督教的历法会变成什么样。（地质学家干净利落地使用BP——"距今"——因为就他们面对的历史年代来说，2000年前的时间节点没有多大意义。）所以你可能会说"为什么要这么麻烦？"……让人们更清楚地意识到我们日历中的基督教框架不是更好吗？

CE和BCE给我带来的问题可能与众不同，主要是在口头方面。如果你讲课，那么BC和AD非常好，因为你的听众很容易"听出来"不同。如果你使用的是CE和BCE，你就不得不总是特别清晰地发音以确保他们注意到要点并能加以区别。当然即使这样，许多倒霉的大学生也没能留意，结果把尼禄的年代放到恺撒前面了。

因此，如果认为英国广播公司应该坚持使用旧的用法需要一个理由，在我看来很简单，那就是因为它更容易被"听出来"。这与那些本应该更明辨是非的人——比如鲍里斯·约翰逊（Boris Johnson）——炮轰英国广播公司"我不能允许左倾的英国广播公司对基督教的破坏"之类的胡言乱语完全不同。

评论

对于一个完全不擅长记忆年代的人而言，我倾向于不那么精确的计法。那么，以下这些表达如何？NSLA——不久前（not so long ago）；AGWS——从那以后（a good while since）；Y——很久（yonks）；AH——古代史（ancient history）；BTA——方舟出现以前（before the Ark）。

——迈克尔·布利

我曾经建议使用 DE，代表"丹尼斯的时代（Dennis's Era）"，那个以基督诞生来纪年的家伙叫丹尼斯。在我看来，这是为了远离宗教，并纪念创立这个制度的人。

——SW. 福斯卡

政治正确性的全部意义在于让人们思考，让他们暂时脱离文化的常规。我举手承认，我就是愚蠢的左倾分子，因为我认为这类有点令人难以容忍的提议确实推动了辩论，使得某些默认的假设变得清晰可见并被予以讨论。我现在正在读一本非常愚蠢的圣经德语译本：《公正语言下的圣经》（*Bibel in Gerechte Sprache*）。书中到处都加上了女性，比如"Propheten and Prophetinnen"，我们通常只说"Prophets（先知们）"。我怀疑没有多少女性先知。（是的，有一些，但在各种情形下都有？）但是，当涉及耶稣的门徒时，看到"die Jünger und Jüngerinnen"真是太棒了，因为那些追随耶稣的女人在福音书（Gospels）中经常被隐形。所以我完全赞同这种愚蠢的行为。

——尼克·乔维特

戴维·阿布拉菲亚（David Abulafia）所著的《大海洋》（*The Great Sea*）主要讲述地中海历史。请允许我引用（未经许可）其序言中的一句话："那些对'Before Christ'和'Anno Domini'感到不舒服的人可以自行决定 BC 和 AD 代表其他词语组合，比如'纪年法后（Backward chronology）'和'可接受日期（Accepted date）'。"

顺便说一下，"瘦弱的狄欧尼休（Weedy Dionysius）"（我过去认识的一位罗马天主教牧师开玩笑的方式）错了，拿撒勒（Nazareth）的耶稣诞生日很可能是在公元前8—公元前6年（8—6 BC），所以他可能是历史上唯一一个出生时负8岁或者至少负6岁的人。无论如何，如果你追随马太福音（Matthew），那么他必须在公元前4年（4 BCE）大希律王（Herod the Great）死之前出生。

——大卫·柯万

纽纳姆一年级的古代史：我们都教些什么？

2011 年 10 月 19 日

每年我最喜欢的教学活动之一是和纽纳姆一年级学生在一起（准确意义上来说，我的意思是，第1A部分。因为其中一部分人之前参加过我们的预科课程。预科课程是为那些没有在高级水平课程中学过拉丁语的人设计的。所以这部分人是剑桥二年级的学生）。一年级的教学很有趣（也很难），因为你在尝试教（从技术角度来说：即不是填鸭式的）一群高智商的学生，要求她们快速从中学向大学过渡。坦率地说，这对获得拉丁语A级的学生非常有挑战性，她们必须很快成为独立的学习者（在支持和指导下）；她们必须学会如何探索一个历史主题，而不是为了获得一等学位、二等一学位或其他什么而在某些标准的清单中勾选选项；她们必须知道智慧的探寻是开放式的、令人兴奋的，要做好也是很难的，而且是有意义的。

那么，我该如何对她们进行第一次的指导（辅导）工作呢？

嗯，15 年前，我只是布置一篇"直截了当的"论文，例如："《吕西亚斯 1》（Lysias1）中提供的证据对研究古雅典女性的地位有多大用处？"并附上参考文献给出答案（尽管是间接的）。事实上，这样做能让学生们学到很多有用的东西。《吕西亚斯 1》是大约公元前 400 年的一个演讲，内容是关于处死一个名叫埃拉托色尼（Erastosthenes）的男子的故事，据说他与一名有夫之妇有染，被捉奸在床后就被处死了。这是为一年级学生指定的文本。在写这篇论文的过程中，她们学到了很多关于这方面的知识，并了解了女性在古雅典的地位。不错。

但是她们并没有学会如何自己去探索知识（她们相当认真地研究我给出的参考文献，尽管我告诫过她们要跟进自己遇到的其他材料），也没有学会从整体的角度看问题。如果你的问题是关于吕西亚斯及其演讲的，学生们知道很多。但是如果你问她们比吕西亚斯早 200 年的梭伦（Solon），她们很可能一脸茫然。好吧，她们在课堂上学过梭伦和他的民主改革，但是据我观察，认真听课从来达不到写论文那种恰到好处的效果。

所以我开始尝试用另一种不同的方式来布置她们在大学里的第一次古代史作业。最初的几年，我让她们去查材料，然后用 1500 个词概括古代世界的历史（公元前 8 世纪到 5 世纪）。这管用了一阵子。她们学会了很多，虽然写出的大部分是相当保守的东西。但是你在提供指导时能够帮她们打开思路，例如指出半数同学没有提到女性或奴隶，或者她们对"古代世界"的看法完全受希腊和罗马的影响等。

问题是，这个作业后来被学生们传播开来，所以当新一届的一年级学生来到我办公室时，二年级的学生已经向她们透露过我可能会问的问题。因此，今年我做出了改变，我让她们每人写一篇短文，解释为什么老寡头（Old Oligarch）（另一篇指定的文本）可能是我们理解公元前5世纪雅典民主的最佳指南。（我给她们提供了合适的参考文献，并就她们每个人所写的东西分别进行了30分钟的一对一指导。）但是在共同参加的公共课上，我安排了完全不同的练习。

我给了她们两段公元前5世纪雅典的希腊语（有译文）铭文，让她们回去准备好之后告诉我这些铭文的内容和它们的有趣之处。我没有给她们任何参考文献（如果她们仔细看译文的介绍，就能得到一些提示）。我说我不介意她们是通过什么方式完成这个作业的……咨询自己的搭档，谷歌搜索，一起讨论，参考书籍……但我不会帮忙。顺便说一下，其中一段铭文是关于Hermokopidae（"方形石柱上赫耳墨斯头像的损毁者"和"埃莱夫西斯秘仪的亵渎者"）的记录。雅典人在对这些人审判结束后将他们的财产拍卖（IG I/3, 426 and 30）。另一段是雅典人对哈尔基斯（Chalcis）镇的规定，实施于后者试图反抗雅典帝国之后（Meiggs/Lewis 52.）。

老实说，当我留这个作业时，她们看起来有点害怕。她们中的大多数人以前从未见过希腊语铭文，我猜她们甚至不知道这些铭文的存在。事实上，当我向老教务长乔伊斯·雷诺兹（Joyce Reynolds，现在已经90多岁）解释我为一年级学生布置的作业时，她说她认为这是一种相当"苛刻的"练习。（坦白地说，我觉得这话有点过了。回想20世纪70年代中期，我们正是通过完成她布置的更多不可能完成的作业而学到了很多东西。）

不管怎样，一周后她们进行集体讨论时，大家都针对这些文本做了精心准备。她们聚在一起，分享知识，谷歌搜索和查询图书馆……她们可以真正地谈论这些完全陌生的铭文。她们对于真正的研究是什么样的已经有了一点了解，而且她们没有仅仅遵循参考文献。（因为我没给她们！）我很高兴，我想她们真的开始进入状态了。

因此，明年我将做一些类似的事情，尽管我不得不更换文本，否则这些孩子们将会把她们的专业知识传授给明年新来的女孩们。"啊，是的，我们做的是……你需要说的是……"

任何想要了解我布置的作业的人，都可以在查尔斯·W. 福尔那拉的书《伯罗奔尼撒战争前古代史》(*Archaic Times to the End of the Peloponnesian War*，剑桥大学出版社，平装本，1983)中找到这些文本的英译本。

评论

1500个词概括古代世界的历史（公元前8世纪到5世纪），居然没有提到女性或奴隶，也没有提到中国人在这1300年里所做的事情，啧啧，啧啧！没有提到黑人或残疾人，或者——上天保佑我们——同性恋和变性人。很明显，那些古典学的新人们需要提升他们的意识。

——PL

实际上，PL，在我看来，中国不是最重要的。更重要的是"希腊"和"罗马"在地中海周边的邻国：埃及、利西亚、马其顿。

——玛丽·比尔德

恕我直言，比尔德教授，在我看来，你现在已经进入了但丁的第十层地狱，那里都是设定宽泛的论文题目却对字数限得很死的人。把字数限得很低只适用于限定的题目。

——安娜

我很想建议："特洛伊战争真的发生了吗？"可以用三个词（我认为加上一两个脚注和参考文献）来圆满地回答："是的。所以怎样？（Yes. So what？）"

——理查德

特洛伊战争真的发生了吗？是的，这一切都是从一个苹果开始的。

——安东尼·阿尔科克

恶从哪里来？一棵苹果树。（Unde malum? A malo.）

——奥利弗·尼科尔森

de malo bonus est iocus hic quem scripsit Oliver

nam malus peperit mala tulitque mala.

非拉丁语者请看上面诗歌的译文："奥利弗所写的关于苹果的笑话很不错，因为苹果树既生产了苹果，也带来了邪恶。"（"malum"是双关语，既是邪恶又是苹果。）

——迈克尔·布利

醒目而恶毒的金苹果。

——安东尼·阿尔科克

关于论文写作。我读大三的时候跟希腊历史导师抱怨过：当我写一篇论文时，我不清楚自己在做什么。他说："波茨先生，如果你能在离开这个学校时学会写论文，我们就认为对你的教育是成功的。"

我突然想到：路德维希·维特根斯坦一生中从来没有写过一篇论文。为什么会写论文如此重要呢？

——保罗·波茨

谁在乎王位继承法？

2011年10月28日

我不得不承认，我一直认为：王室女性成员很幸运，不必面对可怕的王位继承，除非她们兄弟特别少。所以偶尔的歧视也能在不经意间对我们有利。

对我来说，这只不过像不能去阿索斯山（Mount Athos）一样。当然，我倾向于公开地抗议"只限男人"，但我暗自感到一阵宽慰，我不需要去那里，或看一看那里，或者参加那些无聊的关于老神父德米特利（old Father Demetrios）的谈话……但在过去的24小时里，电台记者打来两次电话谈论关于修改王位继承法等的问题，以及关于女性如何获得与男性平等的成为君主的机会，这让我发现自己有更激进的观点。

对君主制进行修修补补的意义是什么？难道这么一点点的政治正确性可以让它与时俱进？任何想要使中世纪/维多利亚时代的制度"合理"的努力都于事无补。整个制度就是"不合理"

的,喜欢它或忍受它。我认为这或多或少是今天早晨报纸上亚历山大·钱瑟勒(Alexander Chancellor)的观点:"君主的女儿们显然和儿子们一样有资格(或者没有资格)来继承王位,但是处理一些像世袭君主制这样不合逻辑的事情的唯一办法是:废除它或者接受它所有的古怪。"

事实上,我怀疑,在200年后的今天,我们会把这一改革看作整个制度终结的开始。因为一旦这一点点歧视被消除,比它更严重的不平等和疯狂的幻想就会被更加清晰地看到。

但更重要的是,对君主制的担忧几乎总是一种政治替代活动。

想一想议会将会为此耗费多少时间,我们的议员们本可以把时间和精力投入到银行、就业、大学或者其他事情上。

想一想在英联邦,人们为凯特(Kate)和威廉(Wills)的宝贝公主能继承王位所投入的精力和兴趣,而与此同时,在这些地区数以百万计的女性仍在等待合适的教育,或者合适的工作……优先,优先,优先?

不管怎样,当我在电话中向记者们咆哮时,我发现我并没有被邀请与听众分享这些观点!这真有趣。

评论

为克洛维(Clovis,确立了长子继承制)欢呼三声。

在几十年前,瑞典人毫无痛苦地完成了从男性优先的长子继承制到男女平权的长嗣继承制的转变。

——安东尼·阿尔科克

因此,君主的第一个孩子将不再因其性别的偶然性而被剥夺王位。只有君主的第二个孩子才会因他或她出生顺序的偶然性而被剥夺王位。99.9999999%的英国公民将因父母不是君主的偶然性（不是他们的错）而被剥夺王位。这种愚蠢的行为是令人震惊的。

——PL

快去看看"虚假角落"（*Pseuds' Corner*，《侦探》杂志的一个专栏）！

——路易斯·A. 纳瓦罗

考虑到王室传递的习惯，任何一个土生土长的英国人，在不知情的情况下，往上追溯超过一代或两代都可能成为王室成员。我曾经看过外婆家的家谱：有亲生的，有私生的，可以追溯到爱德华三世（Edward III）的小儿子安特卫普的莱昂内尔（Lionel of Antwerp）的私生子。这使我在王位继承中有了大约百万分之二十的可能性。你们中的一些人无疑可能性更大。

——蒂姆·威克利

独裁官强于技术官僚

2011 年 11 月 16 日

你能看出意大利和希腊存在的问题，但马里奥·蒙蒂（Mario Monti）和卢卡斯·帕帕德莫斯（Lucas Papademos）真是这些问题唯一可行的解决方案吗？从愚蠢民主的疯狂暴行，到完全未经选举的领导人强行上任（毫无疑问，是由欧盟官员批准的），有点像"跳出油锅又入火坑"的局面。

当然，明智的政治制度在如何应对危机方面总是留有一些退路，而通常的民主安排则面临着根本无法管理的危险。共和政体的罗马人的"独裁官"制度，总的来说比那些技术官僚（这一术语基本上可以作为"银行家"的委婉语）好很多。

"独裁官"的麻烦在于，这一制度在公元前1世纪遭到苏拉（Lucius Cornelius Sulla）和恺撒的严重破坏。两人以各自不同的方式，长期霸占官职进行一人专制和激进的政治改革（最终是为了自己或者他们派系的利益）。这是"独裁"仍然具有的含义。

但在此之前，它只是一个短期的应急官职，当然并不邪恶。

在罗马共和国，政治的基本原则之一就是政治官职总是被分享的。任何人都不能独立地担任政治官职，而是必须与同事一起。因此，即使官职最高的执政官也是由两个人共享的。（这在很大程度上是为了保护政治体制，反对任何人称王。）然而，有时候，当罗马人面对一个特别难对付的军事敌人时，多半会有一种感觉："联合指挥"（因为执政官既要担任人民政治家，也要充当军事将领）不会带来胜利，需要某个人单独做出重大决定，而不是集体做出。在那样的情形下，一个"独裁官"被元老院或执政官自己任命。他们的任期最长为6个月，一旦危机过去，他们就应该放弃官职。

这些独裁官中最著名的是辛辛纳图斯（Cincinnatus）（这是辛辛那提这座城市名字的由来）。用我们的话语来说，他是一个右翼的思想家，但在作为独裁官统治的时期，他是一个有礼有节的英雄。辛辛纳图斯过去曾经是执政官。当元老院的请求到来时，他正在农场劳作（正如他的标语"辛辛纳图斯被召唤时正在扶犁耕地"），他接受了征召并成为独裁官。而在获得胜利后，他又放弃了官职。有一个著名的现代雕塑展示了他归还独裁官象征物（束棒）之后回去耕地的场景。

这与技术官僚相比有什么优点呢？首先，民主政府暂停的时间是严格限制的。其次，独裁官不是政治进程之外空降来的人，而是通常由以前民主选举上过台的高级官员来担任。

可惜"独裁"一词被滥用了，败坏了名声。想想吧，也许"技术官僚"会在1000年以后成为一个被滥用的词。

评论

希腊的技术官僚治国？柏拉图（Plato）不是已经批准了吗？

——LV

网络礼仪

2011年11月22日

我真正喜欢这个博客的一个原因是，评论者（大体上！）很有礼貌、能围绕主题进行讨论并且有丰富的相关知识（和语言背景）。这些评论能够对我的博客有所补充并融入其中。大多数人都非常仔细地阅读了原文……依我看，有时候太仔细了（这就是为什么他们能挑出所有标点符号的错误。但不管怎样，我还是非常感谢）。而且他们（我的意思是，你）使这个博客不再是孤立的各部分之累加。

我最近才意识到，我的博客与通常的在线帖子有多么不同。

我一直在做一些英国广播公司的访谈节目，那里的评论与我们博客上的评论完全不同。有一些评论者确实是很认真地参与，无论是赞同还是反对，我对此都心存感激。但是，出现在英国广播公司《让你说》(Have Your Say) 网站上的很多评论似乎都是由各种各样的愤怒所驱动的。《卫报》的评论是如此，妈妈网上至少一个话题下也是如此（尽管不是全部），或者事实上，任何一家大的评论网站都会这样。

这些网站有很多这样的帖子："这就是垃圾！""写这样的东西，你真是一个白痴"或者"呵呵，老女人，你有胡子吗"。

看到这些帖子后我的第一反应是轻微的恐惧。我的第二个反应是想知道是什么使普通人上网时能写下这样恶毒的东西，平时他们一定不会这样做。我认为一定程度上是因为使用网名。在这个博客上，大多数评论者使用的都是他们自己的名字，或者他们的姓，或者首字母缩写：你/我们/我一起构成了"我们"。

在很多大型的公共博客上，人们采用各种各样的网名（noms de comment），像"草莓酱（StrawberryJam）"或"倾盆大雨（RainingCatsandDogs）"或"女王伊丽莎白一世（QueenElizabeth1）"等。我的直觉是，这种"准身份（para-identity）"某种程度上允许人们以一种使用自己真实姓名时永远不会采用的方式写评论。这给了他们一个可以无礼的许可，让他们以一种面对面时永远不会采用的方式进行攻击。

奇怪的（有点令人胆怯的）是，一些热心的评论者看起来是与网名绑定在一起的。我在妈妈网的一个帖子中记错了一位活跃的评论者的复杂网名，她回应说：这是一种侮辱。不记得一个网上昵称算是侮辱吗？拜托！我还有这样的感觉，当人们评论我的在线文章时，他们认为在网上谈论的不是一个真实的人。这也是我对一些最过分的评论做出回应的部分原因。我只是想提醒每一个人，"我"，是一个真实的人，在那儿，而且，是一个可能会被刻薄的话伤到的人。

我也认为永远不回复不太好。如果你"置身于"网上或收音机里，就有一种责任（在某种程度上是一种乐趣）来回应和讨论。它不仅提醒了评论者，有一个活生生的人参与其中，而且也确认了一种普遍的观点：我们正在进行对话，而不是在上课。我们可以运用新技术在作者和读者之间形成建设性的分歧，我就是通过这种方式交到了一些好朋友。

尽管如此，我还是有一条在线评论的基本原则：不说"垃圾"和"白痴"这样的话，在网上做出回应应该与面对面交谈一样。对我来说，这有点像考核：如果喝酒的时候遇到了被考核人，只说你该说的。

评论

关于网名，我不认同你既直言不讳又尖酸刻薄的评论。我在互联网上的一个匿名身份已经用了10年，是的，同一个连续的身份。这并不是因为我要在网上到处抨击别人，而是因为我更希望我在网上的喜好（尽管无伤大雅）不会被所有人通过谷歌一搜索就能知道，尤其是未来的雇主。

——西丽·安妮

说得好，尽管我确实认为那里的愤怒比你想象的要多得多。但你提到的妈妈网、《卫报》和BBC与其他一些网站相比算是礼貌的典范了。

　　然而，我认为使用网名不是最主要的因素。在这里，我同意西丽·安妮的观点。我自己的网名之所以出现，仅仅是因为我以前只在与我自己的职业和行业有关的事情上发帖，偶尔我表达的观点也会不同于公众和我老板的公司所站的立场，尽管老板在私下里可能也是认可的。解决这个难题的唯一办法是使用网名，或者不发布任何可能让我现在的或未来的雇主感到不快的内容。然后我发现我已经创造了一段历史、一种声望（我只使用这个网名）和一个由志同道合的人形成的在线社区，这些是我现在难以舍弃的。

——彻姆·灵思风

　　我想知道西丽·安妮无伤大雅的网上喜好是什么，以至于她不希望所有的人，尤其是未来的雇主知道。

——蒂姆·威克利

　　大部分是关于编织和钩针！再加上对（我承认，客观地讲不算太好的）科幻电影和奇幻电视节目过于详细的讨论，可能会让大学招聘委员会的普通成员感到不舒服。我向你保证，没有什么能让我年迈的奶奶感到震惊。

——西丽·安妮

　　你所提到的现象是网络抑制解除效应，通俗称为（包括行业刊物外的学术圈）GIFT：网络混蛋理论（Greater Internet Fuckwad Theory）。等式是：普通人＋匿名＋观众＝十足的混蛋。

这已经一次又一次地被类似于你所得到的评论所证明。

就迷人的古典学来讲，这个想法最初是由柏拉图在他关于裘格斯戒指（Ring of Gyges）的故事中提出的。

——刻尔泊洛斯

最近有一个女人起诉离婚（在现实世界中），因为在网络游戏中，她丈夫的角色对她的角色不忠，和其他一些女人的角色关系暧昧。我不是说用网名评论玛丽·比尔德博客的人会做到如此地步，但我认为你可以看到滑坡效应的端倪。

——迈克尔·布利

我不想这么说，但你的网络礼仪听起来就像是学校老师给学生定的上课规则：听讲并且守纪律，否则我就不回答你的问题了。博客使成年人和年轻人能够用一种让他们感到最舒服的方式（尽管使用了网名）来真实地表达自己。在我们这个多元化的世界里，我愿意相信我们可以应对别人的缺点和微笑。对于你这个被标榜为"邪恶颠覆者"的人来说，本来是应该用打趣加以反击的。有时候，你更尖刻的回应是滑稽可笑的，是不礼貌的。

——A. 丹尼斯

教育旅游

2011 年 11 月 30 日

被所有政党大力宣传的许多美好的新教育理念也存在一些

令人深感沮丧的东西。我指的是"教育旅游"。它们很容易识别。一些部长或影子部长一直在访问挪威、美国或其他什么地方，回来时带着关于中学或大学的新理念：如何提高11岁孩子的基本技能，又或是如何增进大学本科生的多样性。他们不断地宣传着（经常指责国内的教育专业人士对海外令人兴奋的新发展一无所知）。

他们有时甚至不清楚这些机制存在的问题，其实只要在谷歌上快速搜索一下就能发现（例如：纽约特许学校的问题）。他们有时似乎没有考虑到一个（表面上相似的）系统和另一个系统之间存在着关键性的结构差异。

这一点在大学录取中尤为明显，因为美国和英国的大学事实上并不具有可比性。原因很简单，美国的孩子通常不会马上进入特定的学位课程，而是后来才会进行专业化的学习。因此，他们可以由非专业人士（可能确实承担着种族、社会背景等特定的目标）进行合理的挑选。另一方面，我们通常会选择让学生进行3年专业课程的学习。你必须让专业人士，而不是一般的管理者来录取学生。

对于大学来说，人们习惯用美国的例子打击英国高等教育部门。一些美国大学确实非常优秀（尽管与我们所期望的不同）。但并不是所有。因此，读一读上周（11月24日）《纽约书评》（*New York Review of Books*）上托尼·格拉夫顿（Tony Grafton）全面讨论美国大学的文章是很有用的。看一看在最好的公共机构里，一个本科生获得学位需要的时间：在少数大学里，90%或更多的学生在6年内能完成。在大多数大学里，比例还要低得多，而辍学率（不仅仅是延迟完成）也高得我们无法接受。每一位高等教育部长都应该读一读这篇文章。

有趣的是，我在几天前看到了刚好相反的情况，即当你在谈论英国的系统时，如果你不真正理解它的话，会发生什么。我读的是玛莎·努斯鲍姆（Martha Nussbaum）的新书《不是为了利润》（Not for Profit）。这本书在大学层面上用各种方式为人文学科做了出色的辩护。但是，当谈到英国大学里发生的可怕事情时，她的说法却使人产生了严重的误解。确实，可怕的事情正在发生，但不是她所暗示的那样。

她写道："英国教师不再拥有终身教职，因此任何时候解雇他们都没有障碍。"诚然，"终身教职"已被废除，因此学者们现在可以被裁掉（和关闭部门），而且我也相信这种权力有时被误用了。但这并不是说，学者可以随时被解雇。（当然，他们过去享有"终身教职"时也可能因为各种各样的犯罪，比如"严重的道德败坏"之类被解雇。）

她还说，英国没有给大学教师常规性的学术休假制度，我们能获得休假的唯一方法就是申请竞争性资助。这种说法也是不正确的。

当你误打误撞进入其他国家的教育系统时，你必须小心。

评论

啊，是的，道德严重败坏（gross moral turpitude）真是个奇妙的指控。霍尔丹（JBS Haldane）曾受到过这样的指控，尽管当时的用词可能是"严重不道德（gross immorality）"。为了让自己想娶的女人成功离婚，他和这个女人故意被捉奸在床。后来他对此项指控上诉成功。我认为尽管依据是道德败坏（或者正如本案中的用词"不道德"),但其实并不严重。

——理查德·巴伦

完成美国大学学位所需的平均时间为5到6年,其中一个主要原因是:学生为了毕业必须学习的课程(我们称之为"必修课程")往往被超额预定。对于一个学生来说,要等好几年才能选上必修课程是很正常的。所以,这不是学生能力有限的问题,而是过度拥挤的问题。

——艾琳

根据我多年作为澳大利亚教师工会负责人的经验,通常是高官们阅读学术期刊,聆听大师讲学和进行"学习旅行",然后回来向他们的部长兜售他们新获得的、回收的"举措"。而部长除了自身接受过的教育,对高官们所讲的一无所知,于是他们对这些"举措"信以为真,认为这会让他/她成为国家最耀眼的明星。

然后,这些"举措"被推到无能为力的教师身上。教师们立刻意识到这不可能对教育有任何改善,却又无法阻止,只能等待下一个——通常是一样糟糕的——新想法的到来。我们就这样进步着……

——简

老天爷!当我读到艾琳的评论时,我感到很震惊,所以我核对了一些事实。

的确,只有57%的美国大学生能在6年内完成4年的学位课程。

  这本身就是不太正常的。但真正让我感到诧异和震惊的是大学似乎并没有为所有学生提供设施来学习必要的课程，所以学生们必须等上几年才能有机会选上这些课程。

  大学让学生们上课，却不为他们提供完成课程的设施。

——图胡

朱丽叶的阳台

2011 年 12 月 20 日

  旅游热点有许多不同的伪装。就在几周前，进入罗马圆形大剧场大约要排队 1.5 小时，而所看到的就是这座建筑内部令人相当压抑的废墟，根本无法与外部的雄伟壮丽相比。（小贴士：如果你真的想看罗马圆形大剧场，去罗马广场的任一入口处买票，排队的人从来没有这么多。）

昨天在维罗纳（Verona），我们结束了拍摄工作（不是圆形剧场，避免你瞎想）。然后我们去了"朱丽叶故居（House of Juliet）"（包括阳台），和《罗密欧和朱丽叶》（*Romeo and Juliet*）里的一样。虽然不需要排很长的队，但即使是在12月中旬，也有熙攘的、说着多种语言的拥挤人群。免费参观阳台和其他小摆设使一切更令人称赞。如果你想要真的站在阳台上面，或者想要看看"博物馆"里朱丽叶其他的纪念品，才需要付费。必看的是那张床，它曾在泽菲雷利（Zeffirelli）导演的这部莎士比亚悲剧中被用过。

当然，这个地方与根本不存在的朱丽叶毫无关系，而是19世纪一个聪明的发明，结果在20世纪30年代变成了名副其实的旅游胜地。但总的来说，它就像罗马圆形大剧场一样奇怪，都有某种后添上去的气息，例如稍许的令人讨厌、稍许挑逗的色彩以及稍许令人感动的"罗曼蒂克"。

对于大多数人来说，博物馆本身的一个亮点就是如果给朱丽叶发一封电子邮件（甚至是一封老式的信），她似乎会回应你（除非你对她说的话太污秽了）。事实上，他们似乎有一个完整的团队来回复朱丽叶在"朱丽叶俱乐部（Club Juliet）"收到的电子邮件。

但是如果你不花6欧元买票进去，也有很多事情可以做。朱丽叶故居入口处两边的墙壁上全是过去几年那些如胶似漆的恋人留下的涂鸦——仿佛在神话般情侣的神话般阳台附近写下他们的名字，就能给他们的恋情增添力量。

但最奇怪的是矗立在阳台下面的20世纪70年代的朱丽叶铜像。看到铜像上被"摸得最光亮"的部位，再观察一下人们的行为，可以推断出这里有一个神圣的习俗，就是走上去抓住朱丽叶的右乳房，并拍下这个姿势。从7岁的孩童到70多岁的老人，无论男女，几乎都这样做。有些人看起来有点尴尬。大多数人都是抚弄的心态。

这是一种新的仪式，有点俗气，但却让这对悲情恋人更加贴近地气。

评论

抓住乳房吗？也许是一个生育仪式或是一个交好运的愿望？我想知道，如果弗雷泽去了，他会怎样做。

——安娜

考虑到现在的社会风气，我很惊讶抚弄者没有作为性侵犯者被警方永久记录在案。爱普斯坦（Epstein）以亚述人为原型的天使石像被雕刻在拉雪兹公墓（Père Lachaise cemetery）内奥斯卡·王尔德（Oscar Wilde）的墓碑上，上面曾经有一个巨大而独特的阴茎，很多人都要去摸一摸，把它磨得光亮……许多年前它折断了。

——真理之王／罗纳德·罗杰斯

据《纽约时报》（12月15日）消息："1900年爱尔兰剧作家及智者王尔德在这里去世。最近，他的后裔决定清理他巨大墓碑上积累的大量口红印。这些是仰慕者留下的吻，多年来一直有损（也有人说侵蚀着）这座纪念碑的外观。该纪念碑位于丘陵地带的拉雪兹公墓内。但这一决定不仅意味着要清理雕刻家雅各布·爱普斯坦（Jacob Epstein）的裸体天使石像（他的灵感来自大英博物馆的亚述人形象），还要建造一个7英尺高的玻璃围墙，好让狂热的仰慕者保持距离。"

——尼克·乔维特

圣诞传统及创新

2011 年 12 月 25 日

"传统总是包含创新。"女儿（一位人类学兼历史学家）在圣诞节前夜坚持这样认为。她之所以坚持这个伟大的人类学真理，是希望今年我们的圣诞节大餐尝试烤豆芽而不是煮豆芽。

不出所料，我们选择遵循另一种人类学模式，即"累积（accretion）"。丈夫很喜欢我们在美国吃到的烤豆芽，但他怀疑我们第一次尝试是否能做得足够好（不管怎么说，他还是更偏爱煮的）。所以为了安全起见——因为我们贮存了足够多的豆芽——我们决定一半烤，一半煮。（我想，以后只要我们一起过圣诞节，就将采取这种豆芽两吃法了。）

在这一点上，我可以相当自负地说：我们的决定遵循了圣诞树的模式……这是一种发展的传统，我们每年都用新装饰品装点圣诞树，但旧的装饰品并不扔掉。确切地说，仿佛来自威尔顿双连画（Wilton Diptych）中的一只特别快乐的红色雄鹿，加入了今年的阵容，另外还有一艘闪闪发光的船，据说原型是特纳（Turner）的《战舰无畏号》（Fighting Temeraire）。

我向你保证，我们在餐桌上通常不会谈论这些。但这也许是一个很好的提醒，告诉我们现代圣诞节是一个多么美妙的人类学研究案例。事实上，我的一个朋友苏·本森（Sue Benson）曾在剑桥大学教授人类学，她在面试中经常要求面试者从人类学的角度评论一下圣诞节。那些谈论可怕的"商业主义"的人没有一个给她留下深刻印象。她在寻找一点关于怀旧情怀的分析，圣诞节的庆祝方式（对很多人来说，无论什么宗教——如果有的话）仍然是对友谊关系的重新肯定，是回忆的焦点，当然还有礼物的交换。

可悲的是，对我来说，庆祝圣诞节简直就像是为了纪念苏。她在几年前去世了，但是苏向面试者提出的问题（以及她作为无神论者在圣诞节所有庆祝活动中全心全意的、充满热情的投入）现在经常是我"圣诞节思考"的一部分。确实，她应该会这么说。因为正是通过这种方式，圣诞节有了更丰富的内涵，你的年龄越大，就会有越多的事情发生并保存在记忆中。（我敢肯定，这才是她想从面试候选人那里得到的回答。）

但是，圣诞节并不仅仅是一个很好的人类学研究案例，它也给古典学者提供了用武之地。

这是因为，潜伏在我们庆祝活动背后的（尽管，这些联系确实有点难以理解）是罗马的农神节（Roman festival of Saturnalia）。12月末过节时罗马人会有7天假期，就像我们的圣诞节一样。随着时间的推移，这个节日的假期也变得越来越长。在一年当中的这个时候，古典学者最喜欢做的事情就是对我们与罗马的节日之间的相似和不同之处大谈特谈。

最基本的不同点是，农神节并没有圣诞节那种过度消费的大餐。它有一种罗马独有的感觉（我敢打赌，如果是罗马人发明了火柴，他们一定会喜欢在圣诞布丁上点燃白兰地的仪式）。但相似之处是馈赠礼物的仪式、各种游戏和傻傻的帽子。更独特的是角色互换的点子。据说，在一年一度的农神节上，罗马的奴隶们坐下来吃晚饭，由他们的主人服侍。（没有人明确地说是谁做的饭，但我怀疑是奴隶。）

换句话说，这几乎是典型的办公室派对的场面，总经理优雅地为员工倒酒，同时拼命地试图想起所有低级别员工的名字却又想不起来（这样相当破坏气氛）。同样的问题很可能出现在古罗马，主人们不断地把他们可怜的卢西奥们（Lurcios）和普修多卢斯们（Pseudoluses）弄混。

我不确定这是否算是罗马人的优秀发明之一。

圣诞快乐！

评论

1947年，海因里希·伯尔（Heinrich Böll）写了一部短篇小说《圣诞节岂能只在圣诞过》(*Und nicht nur zur Weihnachtszeit——And Not Only at Christmas*)。基本的故事情节讲的是：一个上了年纪的女人，从1940年开始到二战结束一直没有机会庆祝圣诞节，战争结束后为了弥补错过的美好时光，她要求家人每天都庆祝圣诞节（对她来说是一种"圣诞树疗法"）。后来她的家人无法忍受，不想再参加庆祝活动，并且最终落荒而逃，找演员来代替他们参加。其中一个家人是一名职业拳击手，最后成了一个修道院的世俗僧侣。

——安东尼·阿尔科克

曾经有一个纯粹的美国人问我:"保罗,圣诞节你怎么过?"我说:"我喝一瓶威士忌,然后上床睡觉,当一切圣诞活动结束的时候,我再出门。"他深深地震惊了。

——保罗·波茨

到了 57 岁时的 5 个想法

2011 年 12 月 31 日

我已经步入 57 岁几个小时了。1955 年 1 月 1 日,母亲在相当大龄(40 岁)的时候,在马奇温洛克乡村医院(Much Wenlock Cottage Hospital)以老式的方法把我生下来……有一位助产士和一位当地的普通医生。这位医生(就像妈妈和他多年来一直开的玩笑一样)在一切都差不多结束时,才到达那里。(这绝不是一种自我迷恋。这是我在童年和青少年时期,在这位医生的圣诞聚会上年复一年听到的故事。在我看来,这或多或少是一种尴尬。)

所以我的生日一直是(对我来说)新年,并且总是与新年的前夜联系在一起。每个人都会喝醉,很享受"庆祝仪式"。在午夜过后的某个时刻,我会鼓起勇气说(或不说):"然后……哦……对不起……今天是我的生日。"

不管怎样,57 岁的年龄,令我感到快乐和欣慰的婚姻生活持续超过了四分之一个世纪。当我老了(更老)的时候,有 5 个关于慢慢变老的想法。

1. 太幸运(版本 1)。我还活着,57 年了。我带大了两个孩子并接受过各种各样的医疗干预(包括在我母乳喂养的时候,发现了一个良性的乳房肿块,那时候看起来就像活不了多久了)。我研究的大多数人(罗马人)在50几岁时就死了或是快要死了。所以感谢上帝和现代医学。

2. 太幸运(版本2)。过去几年里,我运气相当不错,一帆风顺,我做了一些我妈妈和爸爸做梦也想不到的事情,尽管他们会喜欢。在这些小小的胜利中,有的似乎有点傻。但我真的很高兴我上了《荒岛唱片》(*Desert Island Discs*)和《有问题吗?》(*Any Questions?*)节目。我还写过同事们和"普通大众"都喜欢的书,我甚至还获得了一个图书奖。现在我受到了比以往更多的邀请去评论书籍,或者上广播节目。(好吧,宏观来看,这不是一个关键指标,也许没什么大不了。但是如果回到20年前,有人让我做这样的事情,我会认为这是一种巨大的成功。)

有一群孩子的年轻女学者常会认为自己的事业正在走下坡路……我想告诉她们:几十年前我也是这样(就像我的一些尖刻的男性同事喜欢说的那样),我写的东西不够多,我的成果太少。事实上,人们在谈论我职业生涯的"悲剧"。但是,坚持住,保持你在业内的影响力,不要因为那些家伙而感到沮丧。不,不要放弃,并且接受评论一本书的邀请……

3. 焦虑。我这个年纪的人都很担心接下来会发生什么。我一个最好的朋友在他60岁的时候对我说,60岁以后最糟糕的是,任何一次患病都可能是你的最后一次。对他来说,这几乎是真的。他差不多10年前去世了。所以,让我们面对现实吧,现在每次去看医生时需要检查的项目都比以前多了。

但我也很担心"媒体"。到目前为止,除了极少数的例外,他们对我很好。我一直在喋喋不休地谈论古代世界,有时甚至做得很糟糕，但是那些评论者们没有说"哦，该死，闭嘴"。但是谁知道接下来会发生什么呢？（我刚为BBC2做了一部迷你系列片，希望大家都喜欢，但老实说，我很紧张。）

4. 记忆。当我还是个小孩子的时候，我问妈妈人死后会怎么样，她总是用陈词滥调来回答，"活在人们的记忆里"。当时觉得这个回答不够好，但是我现在开始明白她的意思了。对我来说，我想对大多数人也一样，记忆是一种越来越大的东西，即便这种感觉转瞬即逝又似是而非。它包括各种各样的内容：从教室里的创伤到很久以前的原始激情——以一种我从来没有想到过的方式存在。

我依然清晰地记得所有那些不太可能却又令人难忘的约会地点，那年轻的恋情是如此真挚，但男友们却并不认真（或是完全不合适的）……从豪克斯通公园（Hawkestone Park）到玫瑰小屋旅馆（Rose Cottage）、英国大铁桥（Ironbridge），或在埃丁汉姆公园（Attingham）怒放的杜鹃花中。每天我都能找到那些人，那些地方，他们以一种很有趣的方式在我的脑海中浮现出来，就像我死去的父母一样。我猜这永远不会停止……几年前，我给内欧米·密歇森（Naomi Mitchison）的传记做了书评，我注意到她书中提到在牛津大学外的暴风雪中与韦德·格瑞（Wade Gery）做爱的那一段，并对此持怀疑态度。她80多岁了，给我寄来了一张卡片，告诉我那天确实下雪了。

5. 谦卑。这是很明显的，但是请记住，当事情进展顺利的时候，谦卑可能变得多么不同，又是多么容易做到。

我想是时候说出来了：我们计划出另一本"剑桥教授的生活"的书，内容与上一本书是衔接的。希望你们都能加入。正如我之前说过的，评论者成就了这个博客。谢谢大家，祝来年好运。

评论

　　这不仅仅是个人记忆的不断累加，也是一种乐趣。随着年龄的增长（我比你小 3 岁），能记住更多世界大事件的人的比例减小了。这至少造成了相对智慧的幻觉，当然也可能是现实。在我们的青年时代，大多数人至少对第二次世界大战有一些记忆，即使只有童年或青少年的记忆，而且在自己的经历中有一种隔阂感。现在大多数人都不记得登月了。年轻人成为有隔阂感的人群。还有令人害怕的一面，我们必须面对这样一个事实：比我们年轻的人现在将手指放在核武器的按钮上。而将手指放在欧元按钮上的德国总理安格拉·默克尔已经老了。

——理查德·巴伦

　　我还依稀记得你来罗马的英国学校图书馆时，坚持认为德里达（Derrida）的书《论文字学》（*On Grammatology*）是任何一家典型的学术图书馆都必不可少的。可怜的图书管理员根本听不懂你在说什么。从毫无意义的知识分子胡言乱语到《荒岛唱片》的道路可能很艰辛，但是值得。

——安东尼·阿尔科克

　　我从来没有好好地读过《论文字学》，但是我有一本，我接下来的计划就是重读这本书。这种胡言乱语的一个影响是：它让读者意识到他们对自己的想法知之甚少。

——保罗·波茨

后记

时代变了。

就在三年前,我在第一本博客书《一个剑桥教授的生活》的结尾处用了好几页严肃认真地论证了博客这种形式的合理性。我想向读者保证(毫无疑问也是向自己保证),这不是一种廉价的、简化的媒体形式。超链接可以打开一整套已有的信息,这些信息永远不可能被包含在传统的纸质文章中。此外,网络对全球的即时连通使博客成为政治评论和抗议的重要新媒介。(别忘了,在2009年,《泰晤士在线》网站仍称其博客为"网络日志"。)

三年过去了,这种辩护完全没有必要了,甚至已经有点过时。现在到处都是140个字符的推文,谁还会质疑一篇600多字博客的严肃性呢,更不用说那些链接了。正如你所看到的(见《发推特还是不发推特?》),经过一番深思熟虑之后,我现在也有了一个推特账号,而且,威严的机构如英国科学院和大英博物馆也是如此。事实上,据说"阿拉伯之春"是由推特和脸谱发起的。我不太确定我对此是否相信,但是哪怕它是半真半假的,也使"政治评论的新媒介"达到了一个完全不同的层次。

当时,我还停下来反思了纸质阅读与在线阅读之间的紧张关系。我认为将自己的博客变成一本书是为了提供一种不同的阅读体验（浏览和翻页），也是为了赋予它们一种屏幕之外的生命："我认识的人当中没有在地铁上、床上或是厕所里使用笔记本电脑的。所以我们这里有《一个剑桥教授的生活》供你在上班途中、睡觉前或者是在家里最小的房间内阅读。"

现在看来，这似乎也有点古怪。关于这点，你们这些在厕所里通过 Kindle 阅读这些文字的人都能证实。

但在过去的几年里，纸质和在线新闻媒体之间的关系发生了更大的变化。我的意思并不仅仅指现在的纸媒记者经常在博客上搜索他们关注的事情（就像他们报道我关于大学谢恩祷告的讽刺短文一样，我因此不得不向同事们作出一些解释）。实际上，一些报纸正忙着把自己变成一个"超级博客"，而纸质形式只是一个可有可无的额外选择。

对于这一切，我变得更加从容，不那么担心了。就我个人而言，我是传统书的忠实粉丝，我希望你们中的许多人能在柔软的纸张中读到这些文章。但是真正重要的不是写作的媒介而是作者有话要说。

我仍然认为不少推文都是无病呻吟。我希望我的这些博客能更好地经受住考验。

出版后记

玛丽·比尔德教授继续着自己的博客写作事业，为了给读者在上班路上或者家中最小的房间里阅读。本书正是她2009年至2011年博客文章的选集。在这数年里，很多事情都发生了变化，陌生的事物开始变得流行，但比尔德的风趣和睿智从来不变，她依然保持着一种既享受又自律的生活。

尽管比尔德说"没有人可以永远是颠覆者"，但是她的观点依然锐利而清晰，这本身就意味着其内心能量的游刃有余。她的博客依然十分坦诚地触及一个古典学教授生活可能触及的方方面面，她会抱怨现今的推荐信写作事宜，她也会谈论英国政党选举中低劣的标语，她热爱罗马笑话，她甚至喜爱在墓地徜徉……

信息量之于书籍，就像枝叶之于树木，其繁茂程度反映了根本之牢固、体干之茁壮。这种信息量正是本书最为芬芳的部分。读者在阅读的过程中，应该能够体会到，比尔德教授对于所有问题的点评看似零碎，其背后却始终有贯穿前后的统一点，那就是她的思想。

服务热线：133-6631-2326　188-1142-1266
读者信箱：reader@hinabook.com

后浪出版公司
2020年4月

图书在版编目（CIP）数据

一个剑桥教授的生活. 2 / (英) 玛丽·比尔德著；王岩译. -- 贵阳：贵州人民出版社, 2020.7（2023.2重印）

ISBN 978-7-221-16002-7

Ⅰ.①一… Ⅱ.①玛…②王… Ⅲ.①博客—随笔—作品集—英国—现代 Ⅳ.①I561.65

中国版本图书馆CIP数据核字(2020)第082089号

著作权合同登记图字：22-2020-049号

Copyright © Mary Beard Publications Ltd, 2012
First published in Great Britain in 2012 by PROFILE BOOKS LTD, London
This simplified Chinese edition published by Ginkgo(Beijing) Book Co., Ltd. 2020

本书简体版权归属于银杏树下（北京）图书有限责任公司。

一个剑桥教授的生活2
YI GE JIAN QIAO JIAO SHOU DE SHENG HUO 2

[英] 玛丽·比尔德 著 王岩 译
出版人：王 旭
选题策划：后浪出版公司
出版统筹：吴兴元   责任编辑：黄 冰 张 晥
特约编辑：王 敏   装帧制造：墨白空间·张 萌
出版发行：贵州出版集团 贵州人民出版社
地　址：贵阳市观山湖区会展东路SOHO办公区A座
印　刷：嘉业印刷（天津）有限公司
版　次：2020年7月第1版
印　次：2023年2月第2次印刷
印　数：6001—7500册
开　本：889毫米×1194毫米 1/32
印　张：7.75
字　数：116千字
书　号：ISBN 978-7-221-16002-7
定　价：36.00元

官方微博：@后浪图书
　　　　　　　　　　　　　　　　　　读者服务：reader@hinabook.com 188-1142-1266
投稿服务：onebook@hinabook.com 133-6631-2426　直销服务：buy@hinabook.com 133-6657-3072

后浪出版咨询(北京)有限责任公司 版权所有，侵权必究
投诉信箱：copyright@hinabook.com　fawu@hinabook.com
未经许可，不得以任何方式复制或抄录本书部分或全部内容
本书若有印、装质量问题，请与本公司联系调换，电话 010-64072833